周淑屏

非一般同學

非一般同學

作者／周淑屏
策劃編輯／羅詠恩
美術設計／陳詩韻
插圖／靛
出版發行／突破出版社
香港沙田亞公角山路 33 號突破青年村
電話：2632 0000　傳真：2632 0388
電郵：breakthrough@breakthrough.org.hk
網址：http://www.breakthrough.org.hk
http://www.btproduct.com
承印／陽光（彩美）印刷有限公司
2020 年 3 月初版 1 刷
2022 年 11 月初版 2 刷

My Special Classmates

by Chow Suk-ping
First Printing, First Edition, March 2020
Second Printing, First Edition, November 2022

Printed in Hong Kong
ISBN 978-988-8562-19-0

本書採用環保油墨印刷

每一個
年輕人都應當
乘着夢想的
翅膀出航。
成長文學

目錄

一・詠蘭

現在恭請特首林詠蘭女士頒授勳章，首位獲頒大紫荊勳章的是……

聽到自己的名字，我站起身走向頒獎台前，伸出手來祝賀我的，正是我很久以前的中學同學。我也伸出手來，同時偷瞄了司禮員手捧着盤子中的勳章一眼，怎麼大紫荊勳章跟一顆金幣巧克力一模一樣？

此時，詠蘭的手跟我緊緊一握，竟令我如遭電擊——雷聲轟隆把我驚醒了。

原來是做夢，真令人啼笑皆非！我何德何能可以獲頒大紫荊勳章呢？可是，中學時代的我，是常常幻想詠蘭會成為特首的，甚至不只是幻想，而是一直如此深信。她一直是一個敢說敢想敢做，而且會盡一切努力朝目標奮勇邁進的人。

她這樣的性格或多或少影響了我，究竟或多還是或少呢？

可以說在中學時代是或多的，而且是很多，而其後我的性格改變了，之後就自我發展，她對我的影響就變成或少了。

唸初中時的我，曾經是一個沒有自信、不敢在人前說話的人。有人在身邊經過，我常催眠自己——他看不到我，看不到我……很長的時間裏，一些老師和同學也以為我是啞的。

升中二的時候，我有十一科不及格，因為英文不好，升上英中不適應，十三個科目中，只有用中文教授的中文和中史科及格，因此向來害羞寡言的我，把頭俯得更低了，幾乎不敢抬頭。

任何一個人都不知道為什麼成績極差的學生，會和成績極好的學生編在同一班，我被安排坐在詠蘭後面，也不是直線的後面，而是交叉的後面。

座位是兩個兩個並排而坐的，我就坐在她的斜後面。活躍的她在轉堂時總喜歡轉過頭來逗我們說話，我和坐在身旁的男生都是不愛說話的。

也許她認為令寡言的人開口是一個挑戰，也許她不太容忍得到身邊有木訥的人，所以想把我們改造。漸漸地，我和她連成一起對付坐在身旁的男生。說是對付，並不是欺負，只是愛挑戰看不起女生的男生們，愛在學科知識和對老師權威的懷疑上挑戰他們。在學科知識上挑戰他們，當然是由詠蘭負責，我雖然沉默，其實對很多潛在的規則不滿、對權威懷疑，所以負責挑戰盲從權威的男生。

雖然男生比較要強，其實對老師的規範奉若神明。我就負責在詠蘭耳邊低聲鼓動她質疑男生的盲從。

詠蘭對我的性格的改變是要負責的。在家人親戚十多人加上鄰居十多人中成長的我，自小養成謹小慎微的性格，盡量不引起身邊大人的注意，不會讓他們向母親告密，在狹小的自由縫隙中躲躲懶，行些小奸小壞。上了中學的我亦如此，從說話到穿着、打扮，盡量不引起同學的注意，不引起任何話題，以免成為其他同學欺凌的對象。

詠蘭卻並非這樣。聽說她的家是養雞的，因為她是資優生，是老師眼中的紅人，所以同學不敢在她面前取笑她，卻愛在她背後取笑她身上有一陣雞屎味，校服也總沾上雞屎漬。

我不覺得她身上有雞屎味，縱然校服不像我一樣天天洗得發白，但也不見得有雞屎漬。

我之所以天天把自己的校服洗得潔白、熨得板直，也是被迫的，只是害怕被人取笑。詠蘭卻從不怕別人取笑她，她一定也對被人在背後取笑有所知聞，可是她從不介意，不以為忤。和她一起久了後，我也漸漸不理會別人的眼光。

我去過她的家幾次，她和外婆同住，外婆養了幾隻雞，都是供自家食用的。有幾次我和她貼着雞籠逗小雞玩時，也想問她知否有同學在背後笑她，想為她抱不平，可是看到她逗小雞玩、清理小雞的糞便時毫不介意身上的校服被沾污，當時我只想：介意別人怎樣看自己只是自尋煩惱。

看到她常常做一些我不敢做的事，我也常跟隨她做一些我從前不敢做的事。

中三那一年，我們的學校開始切實執行精英班政策，我被安排到成績較差的一班去，但詠蘭並沒有嫌棄我，還是常常和我一起玩。

唸中四時，有一次她約我一起去看管弦樂團演出。她是學校的銀樂隊成員，對音樂很有興趣，我卻是對音樂一竅不通，但因着她的影響，我對新事物都有點好奇，就跟她去欣賞音樂會。

「這次管弦樂團的演出非比尋常，指揮是國際有名的指揮家井上道義。」她煞有介事的說，臉上是興奮莫名的神色。

指揮是日本人？世界有名的指揮不都是洋人嗎？有人說世界上最有名的指揮是卡拉揚。

她約了我早四十五分鐘在荃灣大會堂外面等，見面時她對我說了兩句日語。

「你是何時學的？」

她再說了一遍之後告訴我，是來之前到圖書館翻書學的。

「這兩句話是什麼意思？」我問。

「一會才告訴你。」她說。

「我們早這麼多來幹什麼？」

「我們去買東西吃。」

「我已經吃過晚飯了。」

「不是我們吃的，是買給他吃的。」

「買給誰？」

「井上道義。」

「那個日本指揮？他怎會吃我們的東西？」

「你怎麼知道他不會吃？」

「為什麼要買東西給他吃？」

「讓他對香港的樂迷和香港的美食留下美好印象。」

「那又如何？」

「那樣他會肯為我簽名，甚至會寫上幾句勉勵的話。」她說時揚揚手中的場刊。

世界有名的指揮會理會我們這兩個黃毛丫頭中學生？我懷疑。

「你平時最饞嘴，這附近有什麼好吃的？」

我想了想說：「這附近有一間上海飯店，有我最愛吃的豆沙包和葱油餅。」

「好的，就去買豆沙包和葱油餅。」

我們去上海飯店買了兩個豆沙包和兩塊葱油餅。

「他怎會要這些東西，根本不能交到他的手中，就算能交給他人轉交，也一定被他轉頭就扔了。不如我們一人一個包、一人一塊餅，吃了才進去看演奏會，更為上算。」我發揮自己的饞嘴本色說。

「你才不要動我的包子和葱油餅！」她大叫。

「我也有份的，我夾了一半錢！」我嚷。

之後她領我到荃灣大會堂的後面，躡手躡腳的鑽進音樂廳的後台，當然很快就被工作人員逮住了。

「求求你讓我們進去找井上道義先生。」她的表情、語氣誠意十足。

「不可以，演奏會快開始了，你們快點進去看演出吧。」那人說。

「請你幫幫忙吧！」詠蘭續說。

我知道她的計劃不會得逞的，但驀地計上心頭，拉拉她的手，在她耳邊說：日語。她會意的馬上說起幾句日語來。

「你們是日本專誠來捧場的樂迷嗎？我聽上司說過，有幾個在日本讀書的香港學生專誠來香港捧井上先生的場。」

我們聽了連連點頭，還扮作日本人有禮的九十度鞠躬。

「好吧，我進去看看井上先生有沒有空。」那人說。

等了幾分鐘，一個滿頭銀髮、穿了燕尾服、一副紳士模樣的男子走出來。

「井上道義呀！」詠蘭興奮大叫。

她立刻衝前向井上道義重複說那兩句日語，然後拿出場刊請他簽名。他帶着笑容簽了個大大的名字，然後詠蘭拉拉我的手說：「你的呢！」

我聽了也遞上場刊，他也在上面簽了名。

詠蘭畢恭畢敬地向井上道義遞上豆沙包和蔥油餅，連連說「埃思埃思」。

井上道義禮貌地接下了，便回後台去，之後，我說：「我並不想要他的簽名，我寧願要豆沙包！」

「我請他簽名，如你不請他簽，就顯得我們沒誠意、沒禮貌了。你不想要簽名的話，明天我買一個豆沙包給你，跟你換就是。」

這樣，我有了少年時代的一次小冒險，雖然不是自發的，卻是滿刺激的經驗。

＊　＊　＊

受了詠蘭的啟發，不久之後，我有了少年時代的第二次冒險經驗。這次卻是自發的。

中四那年，母親死後，我隨家人把母親的一些遺物帶到廣州給親友留念。一個人到處蹓躂的時候，經過北京路，看到有一處地方門外的木牌寫着「中國作家協會廣州分會」。一時好奇，問問門衛有哪些作家在這裏辦公。

門衛給我看了作家名單，赫然發現中四語文教科書第一課《潮汐和船》的作者秦牧就在這兒辦公。這個發現很驚人，我決意要找他簽個名，跟他談談創作。

我問門衛女士：「秦牧先生在嗎？」

她答：「秦牧同志回家吃飯了，下午也許會回來的。」

於是我到附近買了紙和筆，又吃了幾個餃子，就跑回去守在門口。因為未曾見過秦牧，便請門衛女士看到他回來就告訴我一聲。

等了又等，門衛女士問是否需要給我一張木凳，我婉拒了，總覺得站着等更有誠意。「程門立雪」不就是這樣嗎？雖然沒有下雪，但「立」還是需要的。站立得痠軟的腿顯示耐性和誠意。

婉拒門衛女士提供木凳的好意，讓秦牧先生知道我站着等了他一個下午，就更感人了。可是，不久門衛女士告訴我這裏要下班了，囑我明天再來，我只好垂頭喪氣地回了親戚的家。

第二天下午我要回香港了，可是還是懷着一絲希望去等。再等了一個上午，也見不到人。只好無奈地留下一封短柬，請門衛女士代為轉交。

回到香港後還有點心有不甘，在半個月後，竟吃了豹子膽似的曠課幾天，再到廣州去。

這次去又站了大半天，門衛女士也代我預早告知了秦牧先生。

終於見到他了，這回我帶了語文教科書來，請他在《潮汐和船》上簽名。秦牧先生跟我談我在香港的學習生活，又給我介紹了他在中國作家協會擔任什麼工作。最後，他還給了我他家裏的地址，着我有什麼需要幫忙，就寄信給他。

回到學校，不敢拿簽了名的教科書給同學，只拿了給詠蘭看，但其後又忍不住在週記裏把事情說了一遍。教中文科的王 Sir 看了說我是曠課——一個中四的女生大老遠的一個人跑到廣州到處亂轉，一定要好好懲戒，要交給班主任發落。

班主任問我怎麼這麼大膽，我囁嚅着說：「我在廣州是有親戚的，只是想把媽媽的遺物拿回去，順道經過了作家協會。」班主任因為同情我剛喪母不久，被我蒙混過去，沒有懲罰我，也沒有扣我的操行分。

* * *

中學畢業之後，向來成績優異的詠蘭順利入讀香港大學，而我亦入讀了自己心儀的嶺南學院。

離開母校之後，我們已很少見面，但仍保持聯絡。中學畢業後的第一次促膝長談，是在我的第一次失戀之後。

那時我住在與同系同學合住的宿舍，剛巧是聖誕節假期，同學都回家去了，唯獨是我留在那裏。詠蘭不想我孤獨地過平安夜，特意來陪我，在宿舍過了一夜。

那夜，我們聊到捨不得睡。她告訴我在大學裏找到志同道合的男朋友，大家對社會有共同的理念。我們分享了對六四民運、七一回歸、爭取民主與自由的看法。她說畢業後會從政，我告訴她我畢業後也許會教書。

後來，她果然是從政了。畢業後她加入政府公務員體系，擔任行政主任六年，曾於教育局、民政總署、商務及經濟發展局工作，熟悉政府部門的運作，前途一片光明。

然而，她最終放下了原來的高薪厚職，投入爭取工人權益之中。

在她辭職後的一星期，和她飯聚時彆不住問她原因，她答：

「遙想傘運期間，我仍在政府總部上班。在政總的員工出入口，有一個嬸嬸在派花，同時對出入的公務員說了這句話：『外面的年輕人這麼辛苦地爭取，我希望你們知道自己在做什麼。』

自那一刻開始，我認真思考自己在做什麼。大學畢業開始打政府工，先後在五個政府部門工作，至此已月入五萬多，前途一片光明。然而，工作是執行上司的指令，緊跟長官意志，絲毫沒有自主性。每天上班下班，沒有自我、不能自主的工作生涯，難免令人感到耗盡。一些已買樓、結婚生子的同事，緊抓高薪厚職不敢辭工。縱使想在一片混濁的宦海中抽身也不能，唯有在下班後投入各種興趣，尋回一點自主。在工作中，難免要講大話，為不合理的長官意志作出掩飾，令我的罪疚感愈來愈大，亦愈來愈感到對不起香港人，感到好像出賣了香港人。」

面對家人的期望，安穩的物質生活，艱難的內心掙扎，且和家人幾經拉鋸，她終於選擇辭職，我實在佩服她的勇氣，由衷地說：「難得你這樣瀟灑放下。」

「驅使我作出此抉擇的其中一個原因，是當我想到三十年後如果自己仍是公務員，仍在做着沒有自我、不能自主的工作，說違心的話，做埋沒良心的事，就會感到不寒而慄。我知道自己其實不需要豐裕的物質生活，簡簡單單的生活也能好好地過。至少此時此刻做的事不會令自己後悔。從前，月入五萬多，做着違心的事。金錢易來易去，花費了大量金錢在吃喝、減壓上。如今，收入只有從前的五分之二，但心安理得，每天自己只可花二百元，每月還堅持儲點錢，為父母將來的生活幫補一下。」她說。

原來她一點也不覺得放棄了原來的高薪厚職是犧牲，她只是做自己認為對的事。

＊　＊　＊

為了一展抱負，詠蘭後來更競選區議員、立法會議員。受到她的啟發，不久之後，我也辭去了教書的工作，去當記者。當上了時事周刊的記者後，跟詠蘭反而接觸多了。每當有市民受到不平等待遇，求助無門時，我也會把個案轉介給詠蘭；每當她礙於議員的身分不便調查一些政府、大財團隱瞞的事，我也會幫她一把，挖掘更多證據，讓她可以在會議上提出質詢。

最令我們憤慨的一次，是南丫海難幫助遇難家屬追究責任。二〇一二年十月一日海難發生的那個晚上，我約了詠蘭一起晚膳。席間聽到餐廳裏的人議論紛紛，許多人收到朋友的短訊說發生了海難，大家都用手機看新聞，都驚駭不已。

事件發生後多年，家屬賠償的事一直膠着。當上記者之後，因為家屬向雜誌社尋求協助，我被上司委派跟進事件，同事提議我請詠蘭跟進家屬爭取賠償的事。詠蘭認為追究責任誰屬比賠償更重要，她和助理奔走於政府部門和船公司之間。她認為政府有關部門如海事處應負上監察不力的責任，而她亦在立法會會議上要求成立專責委員會跟進，卻以一票之差被否決了。

其後，因着政府多次踐踏民主、法治，詠蘭和一些立法會議員的抗爭行動變得更激烈，在往後的立法會換屆時，詠蘭當選了，又被DQ了。她的總結是：「求仁得仁，又何怨？」

在我的心目中，詠蘭一直是一個敢說敢想敢做，而且會盡一切努力朝目標奮勇邁進的人。

二・可立

若林站在一樓 1B 班房的欄杆旁邊吃完那個花生醬包，這就是今天的午餐。

正當她喝着紙包維他奶時，漫無目的地掃視地下的操場。學校的吃飯時間有一小時多，很多同學盡快吃完飯就在這裏進行各種球類訓練。

學校操場上有一個足球場，旁邊有兩個籃球場。這時有踢足球、打籃球、排球、羽毛球、網球的同學各佔據球場的一角練習。

若林的視線由左移向右，又由右移向左，不愛運動的她找不到一個視點讓她停留，於是，她拿出一本書來。對她來說，《文學大師的 25 堂寫作課》這本書比任何一種球類運動更吸引。

當翻到書的第三頁時，還未開始看，她被眼前突如其來的黑影嚇了一大跳！

「砰！」那黑影重重地擊中了她的鼻樑。

「好痛！」她大叫。

她的第一個反應不是看看那黑影是什麼，而是把食指湊近自己的鼻尖，看看自己有沒有流鼻血。

幸好沒有，但鼻子實在痛得厲害，那黑影一定是高速飛來的！

在確定了自己的鼻子沒有大損傷之後，她才有空看看那黑影是什麼。

地上還在滾動的，是一個網球！當然，如果那是羽毛球，打中人該不會那麼痛。如果那是籃球或足球，該不會能射上一樓那麼高吧！

就是這該死的網球，還有那瞎眼的球手，才引致這意外！萬一它擊斷了我的鼻樑……萬一它擊中了我的眼睛……萬一它擊中了我的後腦……

這瞎眼的同學到底有沒有想過自己無聊的嬉戲，差點讓一個小美女毀了容、瞎了眼，甚至變成了白癡？

太可恨了！若林拾起了那個網球，目光一邊掃視着操場上那些拿着網球拍的同學，右手一邊緊握拳頭，左右抽擊，練習怎樣才能擲出最有殺傷力的一球。

她立時悔恨上體育堂時沒有留心老師的教導。

是用推鉛球的助跑？擲鐵餅的腕力？還是排球的扣殺？雖然沒多花心思上體育堂，但這三種必殺技，也需要有強大的腕力、臂力才能使出的，她看看自己的手臂，上面連一隻小老鼠也沒有，應該使不出什麼力度吧？

不能以牙還牙，也許能用最惡毒的話把那同學罵死，令他無地自容，愧疚不堪！可是自己的聲線向來小而弱，罵人時還會聲線抖顫、手心冒汗，殺傷力不足夠，逗笑勁則有餘……

這不行那又不行，索性向訓導老師投訴吧！

左思右想，冷不防前面驀地站了一個人。

「球，我的。」那人說。

抬頭一看，眼前站着的人竟是郭可立！

若林想起一星期前學校的天才表演，郭可立在話劇表演中扮演王子。全校女生也相信，學校的男生之中，沒有一個會比他更適合扮演王子了。

唸中四的郭可立是學校田徑隊、體操隊、網球隊的校隊隊長，也是黃社的社主席，亦是今年學校歌唱大賽的獨唱冠軍、樂隊組合冠軍，他還會彈結他。

若用文武全才來形容他，該不足為過了。學校裏舉凡有哪種隊長、會長、社長、班長選舉，獲得最多提名和最高票當選的，也必然是他。

可以做王子，當然不只要是運動健將、歌唱冠軍，更重要的還要看樣貌吧！連老師也說，他是高大版的郭富城。

天才表演那天，若林知道台下所有的女生，包括她自己，都曾想像過郭可立騎着白馬朝自己奔來……

而這個人，現在雖然不是騎着白馬，卻是站在自己面前，跟自己說話。

「球，我的。」他重複。

心亂如麻的若林已記不起剛才想着怎樣罵那網球的主人，心如鹿撞的她完全不懂如何反應。

她只知道，在他重複這話第二次之前，她該已把網球交回給他。

「謝謝。」拿回網球，他轉身走了，頭也不回。

真沒禮貌！若林想。可是，他是沒禮貌嗎？明明說了謝謝的。

可是，他沒問過她的傷勢！她的鼻子明明被他的網球重擊且險些破相！

可是，他不知道自己的網球擊中了她啊！問什麼呢？

也許，最令若林懊惱的，是他幾乎連看也沒看她一眼，他眼中只有那個網球！

她開始後悔自己沒有用推鉛球、擲鐵餅、扣殺排球的方法去以眼還眼，可是，一早知道那球是他擊出的，她又下得了手嗎？就算下得了手，球一擊出，一旦令他受傷了，或者損及他的俊臉，全校女生都會與自己為敵，她承受得了嗎？

若林呆呆地望着他的背影，那鼻樑受了重擊的地方仍在痛。

「其實他一點也不驕傲，也一點不以自己的外表、天分或受歡迎自豪，只是他參與了太多活動、服務，有太多老師、同學要應付，所以沒空理會一般人吧！」詠蘭說。

「是沒空理會無謂人吧！」若林說。

「我和他同班半年了，發現他是一個開朗、不拘小節的男孩。如果他知道網球擊中了你，一定會道歉的，相信我！」詠蘭大力點頭，想增加點說服力。

詠蘭和若林是中二的同班同學，感情十分要好，因為詠蘭成績好，升中三時被編進了A班，成績平平的若林讀B班；升上中四之後，也是一樣。雖然不同班，但兩人仍常走在一起，是無所不談的朋友。

* * *

詠蘭的話，若林是相信的，因此，她不再認為郭可立沒禮貌，而詠蘭說他開朗、不拘小節的印象，一直留在她心中。

* * *

世事的轉變，無人可以預料，對一個中學生而言，有些改變甚至是災難性的。

若林記得那是星期一，已經記不起是哪月哪日，但肯定是星期一。那個星期一，全校上下愁雲慘霧，上至校長、老師，下至學生、校工，無不被埋沒在痛苦與哀傷之中。

之前的星期六，郭可立回校練習跳彈牀，不知是意外還是失手，他從彈牀上掉了下來，頭部先着地……

然後，他的命運逆轉，整間學校也鬧得天翻地覆，人人感到天旋地轉……

他被診斷為脊髓受損，康復時間漫長，就算康復了，也只可以回復一成的活動能力，不能再走路，手腳不能動，連吃飯、喝水也要人幫忙……

怎會有人想到這樣的事會發生在他身上？說得冷血一點，這事如果發生在一個不那麼優秀、內外都那麼出類拔萃的人身上，大家也許不會那麼傷感、痛惜。

若林和郭可立並不熟絡，甚至連話也沒説過一句，可是他的受傷，也為她帶來了很大的震撼。

她是一個愛胡思亂想的女孩，所思想的，有些她認為是哲學的命題，例如死亡，例如生老病死，例如生命從哪裏來、往哪裏去。

令她感到震撼的，是既然上天注定他要遇上這種命運，下半生也動不了，那麼，為什麼這少年時期讓他學習各種球類、田徑，都那麼得心應手？而且都有那麼傑出的表現？

如果命運注定他下半生都要被人照顧，那麼賦予他那麼才思敏捷、表現出眾，又是為了什麼？

如果命運讓他下半生都無法獨自外出，大部分時間都要困在家中，暗無天日，那麼讓他有這麼炫目的外表、外向好動的性格，又是為了什麼？

她的腦海中有一百個問號，但當她想到郭可立心中該有更多更多的問號時，她重重地歎了口氣，為他感到難過。

她很想到醫院探他，然而自己跟他互不相識。也許，跟詠蘭一起去探他，詠蘭和他是同班同學，然而，現在要去探他的老師、同學一定絡繹不絕，幾時輪得到她？想到這裏，她又重重地歎了口氣。

*　　*　　*

機會終於來了，一個星期之後，終於輪到詠蘭那一班的同學去探郭可立，若林也跟了去。

來探病的人太多，同學只可分批的三四個人進病房。等了大半小時，輪到若林、詠蘭和另外兩個同學進去。

詠蘭和另外兩個也是可立的同班同學，若林卻不是，進了病房之後，詠蘭和同學跟可立說話，若林靜靜地站在一旁。

可立沒有悲傷的神情，也沒有發脾氣怨天怨地，他只淡淡地說以後不能再上學了，會慢慢做物理治療等待復健。

詠蘭告訴若林，老師說上星期可立連說話也不能，這兩天總算能說話了。醫生說就算做物理治療，可立也只可輕微轉動頭部和動幾根指頭，恐怕連吃東西也要人餵了。

若林的淚水凝在睫毛間，她竭力不讓淚水掉下來。她不認識可立又不與他同班，他的同學也沒有為他哭，她為什麼要掉淚呢？可是，若林知道自己看到任何一個本來活蹦亂跳的同學，遇上這樣的厄運，雖說不上可感同身受，但肯定也會感到淒然。

若林在病房中沒說一句話，甚至和可立眼神交流也沒有，也許可立連有這麼一個人來過也不知道。

回家之後，若林久久不能釋懷，一直想着如果能為可立做點什麼就好了。

一個星期六，她在電台節目中聽到 DJ 播放陳百強的《喝采》，她馬上跑了幾間唱片店買了一張陳百強的專輯，準備下一次帶去送給他。

若林本想在詠蘭下次去探可立的時候，跟她一起去帶給他的，可是詠蘭忙於應付測驗，說該有一陣子不會去了。

她又想等有老師、同學去探可立時，託他們帶去給他，可是等了又等，等了幾個星期，打聽又打聽，都打聽不到再有老師、同學去探他。

原來，在可立受傷的頭一個月，大家鬧哄哄地爭相去探他以後，沒有人再相約去探他了，像大家已經忘了他一般。

若林只好硬着頭皮一個人自己去。將到病房門口，她趑趄不前，終於，鼓起了勇氣，走到病房門口，請護士把唱片交給可立。

「為什麼你不進去？你自己親手交給他吧！現在來探他的人漸少，你進去表達一下同學的關懷吧！」護士這樣對她説。

護士的聲量不小，相信病房內的可立也聽得到，若林只好低着頭走進去。

「我……我是上次跟你們班的詠蘭來過的……」她不敢抬頭，也不敢坐下來。

「我知道。」他的語氣平靜。

「我……我想將這張唱片送給你，想你聽聽其中《喝采》這首歌。」她戰戰兢兢地把唱片放到病牀邊。

「嗯。」他點了點頭，算是收下了。

「那……我……」若林想不到該跟他說什麼話。

「你，幫我把這牀調高一點可以嗎？」可立說。

若林進病房時，可立是躺着的，他躺着說話很不方便。

若林從沒調校過病牀，顯得有點手足無措。

「右手邊有些按鈕！」可立說。

若林找了許久才找到那個按鈕。

「按着黑色那個按鈕，牀會一直升高，按紅色按鈕就會停。」

若林深吸一口氣，就用力按那黑色按鈕，病牀的角度一直升，30度、40度，一直到90度。

「太高了，低一點！」可立嚷。

聽到這話，若林立即按下紅色按鈕，因為停得太急，令可立的身體震動了一下，若林嚇得吐了吐舌頭。

「現在慢慢地按那黑色按鈕，牀便會下降。」

這次，若林盡量輕力按，她不敢再輕舉妄動，按着按鈕的食指死命按，不敢亂動。

這樣，病牀下降，可立又回到剛才躺着的位置，他重重地歎了口氣。

「不如……不如你告訴我你想調校到什麼角度吧！30 度？60 度？」若林不好意思地問。

「唉……那麼……48.5 度吧！」

「48.5 度？」可立的答案令若林納罕，但也只好努力了。

她再度按那黑色按鈕，輕輕地、慢慢地按，口中唸唸有詞：「10度、20度、30度、40度、41度、43度、45度、47度、48度、48.1……」

其實，她調校的角度和她口中唸的並不一致，她唸出來，只想可立知道她用了200%的努力。

「48.2、48.3 、48.4，……好了，48.5。」

半坐起來的可立似乎被她逗笑了，若林看到他臉上的酒窩輕微泛起，他的酒窩很可愛，笑容很好看。

「這樣，一會就不用勞煩姑娘幫忙調校了。」可立說。

「是這樣嗎？是……」若林再次結結巴巴。

「如果沒有其他要說的話，你可以走了，我要吃飯了。」可立木無表情地說。

若林沒想到可立會這樣說，這不是下逐客令嗎？但是，她不想他要自己走就馬上走。

「為什麼沒有其他人來探你？」說完這話，若林自己也吃了一驚，為什麼自己會說出這句話來。

聽到這句不合宜的話，可立皺了皺眉，一時不懂如何反應，好一會，才道：「是我叫他們不要來的，現在是靠我自己如何努力康復的時間，他們來探我也不會幫得上什麼忙。」

若林微微點頭，她想：幸好他沒有加上一句——所以你以後也不要再來了。

她從病房中退出去，半隻腳踏出了病房門外，又退回半步，問：「你會聽嗎？」

可立先是一愕，馬上明白她說的是那唱片，仍是木無表情地微微頷首。

「第八首——《喝采》，即是第三十六分十二秒開始的那首。」

踏出病房兩步，她想到了一個重要的問題，又把頭伸進病房，問：

「對了，你有唱機嗎？」

可立沒回應，若林跑回病房，繞着病牀走了一圈察看，病牀旁邊的小儲物櫃上只有一部 Walkman 隨身聽。

「哎，對不起，你的隨身聽只能聽卡式錄音帶吧？不要緊，我下次帶來！」

她說完，沒理會可立的反應，頭也不回的走了。

*　*　*

若林再去探可立，是一個月後的事。

她的零用錢不多，上回買的陳百強專輯，已經花了她三個星期的零用錢，她不好意思拿回已經送給可立的唱片，只好再買一張。於是，她又花了三個星期去儲零用錢。之後，她向同學借來播放唱片和錄音帶兩用的唱機，把唱片裏的歌轉錄到錄音帶上。

當她走進可立的病房，他沒有錯愕的表情，也沒有嫌惡的表情，仍是那樣木無表情。

當若林看到病牀旁儲物櫃上的唱機，她叫了起來。

「你有唱機了！你聽了那首歌嗎？」

可立沒有回答，但當他看到若林手上的卡式錄音帶，他的嘴角微微向上翹了三秒。

那是笑容嗎？他看到自己信守承諾，拿了卡式錄音帶來而欣喜？若林是這樣演繹那三秒的。

然而，當聽到可立之後的話，她有點哭笑不得。

「我請姑娘幫我用我的 Walkman 換了鄰房病人的小型唱機，我那部 Walkman 是新的。」可立淡淡地説。

若林聽了，馬上踏出腳步，焦急地説：「我馬上去幫你換回來！」

「你知道是哪間病房嗎？」

若林搖頭，想了想道：「我逐間病房去找！」

「你知道是哪個病人嗎？」

「我看看誰的儲物櫃上放着 Walkman 就行！」若林固執地回應。

「或許他放在牀上或手提袋裏呢！」

「那……我問你吧，哪間病房？哪個病人？」

「我的答案是你不用幫我找回來了，我喜歡這部唱機，它不像 Walkman 那麼麻煩，要順序聽下去，要聽其中一首便要回帶，太麻煩了。」

「總之你聽了就好了。」她走回去，看到病牀前的膠凳，想坐下去。

「我……可以坐嗎？」

「你坐吧，如果你喜歡呆坐着看別人吃飯的話。」

果然，兩分鐘之後，醫院的工友進來派飯，病房中有四個病人，其中兩個工友幫忙餵鄰牀的病人吃飯。

若林想工友該是輪流幫助四個病人，該等一會才會餵可立吃飯。可是，這樣的話，菜都會擱涼了，飯也會變硬了。於是，她目不轉睛地看着工友怎樣餵飯，以便一會幫可立。

當她回過頭來，卻發現可立的飯已吃了一半，他是自己用手拿勺子吃飯的。

醫生本來說可立的脊椎受損，頭以下的身體全不能動，還能說話已經是僥倖，下半生該脫不了躺在牀上度過的命運。

他起初可是連說話也有點口齒不清的，意外發生的經過也記不清楚，可是，一星期之後，他漸漸記得事發的經過，說話也沒有問題了。

兩個星期之後，他的頭能夠向左右轉動了。一個月之後他兩隻手的拇指能夠動一點，可以勉強靠拇指和其他綳在一起的四隻手指箝着勺子自己吃東西了。

護士告訴若林，他們從沒見過這麼固執和堅毅的病人。他每天不停轉動自己的頭，郁動自己的手指，多累多痛也繼續下去。當他的手臂能動一點時，他就坐起身來努力撐起自己的上身練臂力，每天練不下三、四十次。

若林每次探可立，他都有一點進展，由能夠說話到自己拿勺子吃東西，之後，他自己上洗手間也不用人幫了。

若林明白可立不想別人照顧，也不想帶給別人麻煩，所以這麼努力勉強自己。這樣勉強自己是有成效的，起碼吃東西和上洗手間也可以自理了。這於醫生和物理治療師看來也是頗大的進展，是他們意想不到的。

若林大概每三、四個月會去探可立一次，看到他的頸和手能動一點點了，就開始幻想他的腳也能動，甚至能站起來。可惜，這都只是她的幻想。

可立的性格外向、開朗，本來有很多要好的同學、朋友，可是在他受傷三個月後，除了家人以外，所有老師、朋友、同學都沒有再來了，若林卻是一個異數。

可立告訴她，是他叫他們不要來的。若林沒問他原因，但漸漸她了解到他是不想以前認識自己的人，看到自己由運動健將變成這樣，他也不想得到他們的憐憫，好朋友憐憫自己，覺得自己可憐，他接受不到。

若林剛好是個異數，她之前和他只是同校同學，不算認識，連話也沒說過一句，所以不算是朋友，對於他從前的一切，她也知道不多。

另一個原因，是她不太愛說話，也不是很會照顧人的那種女孩。每次探望他，她也只會聽他說話，間中答一、兩句。看到他要做什麼，從不主動幫忙，除非他提出要求。這樣的相處方式，反而讓可立感到自在。

在醫院住了一段日子後，可立轉到沙田亞公角的慈氏護養院居住，那是需要照顧的身體殘障人士的院舍。可立和同房二人住一個房間，共用一個洗手間。

不到半個月，可立已經和院友混得很熟了。年輕、開朗、英俊的他，旋即成為院友間的明星，他走到哪裏，哪裏就有院友和護士的笑聲。

若林第一次到慈氏探望可立，在門口一說找可立，就每個人都想為她引路。這裏誰都認識他，連對來探訪他的人都特別好。

在這裏，他會坐在輪椅上挨家過戶的和院友聊天，原本大部分時間只是在發呆的院友，也變得活躍和多話了。

若林發覺可立不用別人為他推輪椅，他已經鍛煉到手臂有力自己推動輪椅到處去了。

每次若林也會逗留一個多至兩小時跟可立聊天，她感到奇怪，可立不讓老師、同學來探他，卻會問起學校的事。他甚至會請她帶一些課本、筆記唸給他聽。

若林明白可立可能沒有忘記學校的人和事，而她自己，就成了他和外間的橋樑。

有一次，談起學校的事，可立向若林問一個奇怪的問題。

「你喜歡作文嗎？」

「有點吧，也不算太熱衷。」

「聽你說過在眾多科目中，你中文科的成績最好，你作文的分數也很高嗎？」

「不算吧，多是七十多分，試過兩三次超過八十分。」

「是王 Sir 教你中文科的吧？有七、八十分已經很不錯了。」

若林不明白他問這些做什麼。

「你為什麼不去參加徵文比賽？」可立突然問。

「我從不參加任何比賽的，所以也不會參加徵文比賽。」若林這樣回答。

「你是怕輸吧？怕別人取笑，所以不參加比賽。」

幾個月下來，他倆已很了解對方的性格，可立知道若林內向且有點自卑，不喜歡任何人注意自己。他們已經熟絡到可以互相嘲笑的地步了。

若琳想不到怎樣回答，只是皺了皺眉，再皺皺眉。

「自己報名參加公共圖書館主辦的徵文比賽，不經過學校，是不會有人知道的。輸了沒人知道，贏了也沒人知道。」可立在自說自話。

「其實你想說什麼？」若林問。

「我想參加一個徵文比賽，但不想用自己的名字報名。」可立終於說出了心裏話。

「你想用我的名字參加？將文章當成是我寫的？」若林大感訝異。

「是呀，正是這樣。想請你幫個忙。」他懇切地說。

「可是……我真的從不參加任何比賽……」若林感到為難。

「如果不太為難的話……但如果太為難……」從來說話流利的他竟然結巴起來。

若林不想違背自己的原則，可是，可立從沒求過她幫忙，第一次請求她，自己卻要拒絕？而且，那只是舉手之勞……

可是，若林是一個十分重視自我的人，從來會拒絕不是自己的意願、有違本意的事。而且，萬一獲獎，自己要去領獎嗎？但文章不是自己寫的，到時讓老師、同學知道了怎辦？

噢，她想明白了，可立就是不想老師、同學們知道，才想用她的名字參加比賽。想到這裏，若林勉為其難應承了可立。

許多年後，若林仍記得自己曾經違反意願，參加過一次徵文比賽，那是她唯一一次參加徵文比賽。

那次，她得了優異獎，雖然不是得到冠亞季軍，但可立也感到鼓舞，因為他以前作文的分數不算高，這次可說是得到了肯定。若林卻一直認為如果文章是她寫的，應該不只拿到優異獎。

*　*　*

轉眼到了考會考的時節，若林忙於準備，有四個多月沒有去探可立了。沒有見面的日子裏，可立大概一個月會打一次電話給若林，問候她的近況。

在剛考完會考的首個星期日，若林接到可立的電話。

「你可以幫我一個忙嗎？」可立問。

若林想起上一次可立要求自己幫忙，已經是一年前的事了。這一次，她沒加思索就一口答應了，她認為這個朋友是值得她幫忙做任何事的。

「你可以把你會考用的教科書和參考書都借給我嗎？」

「借給你……沒有問題，可是，你唸的是理科，我唸的是文科。」她記得可立中四時唸的是理科。

「理科要做許多實驗，自修生考文科會容易一些。」

「你要自修考會考？」可立又一次令她驚訝。

「對，我會以自修生方式去報考。」可立肯定的説。

「啊，沒有問題，反正那些書我已經用不着。」若林説。

就是這樣，可立在若林考會考的翌年報考了會考，而且取得了五科及格的成績。

在若林入讀大學的第二年，可立入讀了公開大學，就在護養院中以遙距的形式修讀工商管理學系。

三年後，可立在公開大學取得學士學位，畢業那天，除了家人，他只請了若林一個朋友參加他的畢業典禮。若林覺得出席可立的畢業典禮，比自己的還要有意義。

* * *

雖然可立修讀的是工商管理系，但他並沒有找到工商管理方面的工作，他自己也沒奢望可以找到相關的工作。之後，他又自修英文、日文和翻譯，取得了翻譯榮譽學位。

若林去探他的時候，他間中會跟她說幾句英語，若林認為他的英語說得比自己好多了，同時，他的日語也說得流利。

「住在這裏最多的是時間，像我這樣的人，沒班可上，最多的也就是時間，所以什麼也學，總有一種會派上用場。我有幾個日本的筆友，閒來跟他們書信來往，對提升日語的能力很有幫助。」

「真羨慕你這麼有語言天分！」若林由衷的說。

「你也可以學的，但你忙於工作沒這些時間吧！能夠去上班不是更好嗎？」

「工作也有工作的難處……」

若林有時會跟可立談工作上的事：上司怎樣變態，同事怎樣監察，客戶怎樣難纏，可立也會用工商管理的知識為她分析，耐心地開解她。

「我學的翻譯和日文也不會沒用，最近已有朋友為我介紹一些翻譯的工作。」可立帶點興奮的說。

若林絕對相信可立的工作能力，她深信如果他不是遇上意外受了傷，大學畢業後一定可以成為商界的風雲人物。

數個月後，若林再去探可立，他告訴她一件讓她驚訝的事。

「我下個月要去日本旅行。」

「去日本旅行？你跟朋友一起去？跟旅行團？」若林把眼睛睜得老大，那時她自己也沒去過日本旅行。

「是我自己一個人去。」可立說得輕描淡寫。

「自己一個人去？」若林看牢了可立，不敢相信自己的耳朵。雖然可立已經有了電動輪椅，可以來去自如，但是要獨自乘飛機，去一個陌生的地方，那太不可思議了！

若林想起有一次和可立相約在沙田吃飯，可立乘復康巴士到沙田等若林，然後，若林跟在可立的電動輪椅後面，在新城市廣場附近逛了一會才去吃飯。

電動輪椅走在平路上是沒有問題的，可是從馬路上行人路時，假若那裏沒有微斜的坡道，哪怕行人路只是高出十厘米，輪椅也上不去。那一趟，無論若林怎樣用力推，也不能把輪椅推上行人路，最後，還得請一個健碩的男途人幫忙。

到餐廳用餐的時候，也不是每一間餐廳都歡迎坐輪椅的客人光顧，十間有八間食肆也以空間狹窄容不下輪椅為由，拒絕讓他們進內。

每次和可立出外用膳，他也堅持付款，那是他替人翻譯得到的酬勞。就算若林不肯讓他請，他也堅持各付自己的一份。付錢的時候，他就讓若林伸手進他放在大腿上的手提袋裏拿……

此刻，這一幕一幕出現在若林的腦海裏。機場那麼大，迷路了怎麼辦？聽說日本的地鐵站很大，平常人也會迷路，一輛電動輪椅要怎麼走？在路上遇上麻煩怎麼辦？容易找到人幫忙嗎？遇上壞人怎麼辦？被人搶去了護照、證件、錢包，就連吃飯也沒錢，甚至回不了香港……

若林愈想愈覺得可怕，頭上彷彿有千百個問號、感歎號在飄浮。

「才不用擔心呢！日本的殘障人士設施很好的，比香港的完善很多，放心吧！我已經用電郵約好了在日本的殘障人士宿舍，吃和住都沒有問題，連外出遊覽的車都訂好了的。」可立反而安撫起她來。

若林舒了口氣，但還是免不了擔心。一個月之後，可立卻順順利利、平平安安地回來了。

他在日本見識過許多，開了眼界，回來之後，膽子更大了。半年內，他竟成功考取了車牌，用積蓄買了一輛二手車。

「真希望有機會可以和你去遊車河！」可立跟若林說，「殘障人士有專用車位，停車比想像中容易，而且院舍這裏也預留了一個車位給我。」

若琳雖然沒坐過他駕的車，可是，有一次用膳完畢後，她送他去取車，看過他用本來不大靈活的雙手，卻靈活地支撐着自己坐到駕駛座上，然後收起輪椅放到座位後。車子是經改裝、殘障人士專用的，他的腳動不了，車子的油門、煞掣也是用手操作的。

看着車子開走，若林欣喜於可立的駕駛技術很不錯呢！車子開得很穩，絲毫沒有飄移。

然而，她明白雖看似靈活、看似輕易，但其實一切得來不易。她看到過他長滿了繭的手掌、手背，還有比壯男更粗壯的手臂，他一定是吃了許多苦，下了很多苦工去鍛煉。

* * *

可立竭力過正常人過的生活，一年之後，他搬離了慈氏護養院。當他告訴若林這消息時，她在電話的那頭大呼小叫。

「怎麼？他們要逼你遷出嗎？是因為你在這兒住得太久了？是他們的宿位不足？我一定要為你據理力爭的！」

「是我要搬出去的。」他還是一派氣定神閑。

「你要搬出去？搬到哪裏？會很不方便吧？」

「我申請到殘障人士的公屋了，等屋子的殘障設施都改裝好，我就可以搬過去。放心吧！我可以照顧自己的。」

聽到可立說「我可以照顧自己的」這話，若林的眼眶裏盈滿了淚水，一時間說不出話來。

待一切安頓好之後，若林到可立位於沙田的公屋單位中作客。她吃到可立親手煮的麪。

「雖然出事之前我很喜歡煮菜給自己吃，可是現在做不了複雜的菜式，只可以煮點麪條，裏面放幾片肉、幾條菜。有時也會蒸點排骨，煮飯吃。」他說。

吃到他煮的麪條，雖然裏面只有幾條青菜、幾片肉片，但若林吃了一碗又一碗，她生平沒試過一餐吃那麼多東西，吃得快撐死了！

* * *

若林大學畢業後轉過很多次工，在沉重的工作壓力下，得了輕度抑鬱症。

在最萬念俱灰的時候，見了好幾個治療師，看了一本又一本心理學、心理輔導的書，也不奏效之後，若林決定寫一本自我療癒的書。

她計劃訪問三十個自己認為很樂觀、很堅強的人，求得他們的快樂之道，而其中一個受訪者正是可立。

她知道可立不想從前中學的老師、同學知道自己的事，也不想他們再和自己聯絡，他多半會拒絕的吧？誰知他一口應承了。

「要用假名嗎？可以不出真名的。」她戰戰兢兢地説。

「不用。」他斬釘截鐵的説。

「你不怕中學的老師、同學看到訪問會聯絡你嗎？」

「不怕，我的地址、電話都改了，家人也搬了，他們不會找到我的。」他説得肯定。

訪問完成，訪問集出版之後，果然有許多中學的老師、同學向若林詢問可立的近況，想聯絡他，但她一一代他婉拒了。

訪問了三十個人之後，若林發現原來不少開朗、堅強、臉上經常有燦爛笑容的人，背後都經歷過不少困難或傷痛，有事業失敗、破產後變得一無所有的，也有痛失至親的，他們從傷痛中走出來，所靠的，除了堅強的心志之外，還有家人、朋友的支持。

可立也不例外吧？他也有家人、朋友的支持吧？自己算不算曾經支持過他的朋友呢？

若林覺得自己不夠堅強，也不夠細心、耐心，應該幫助到他不多吧？反而是他常常為她分憂，開解她。

若林除了在工作上遇上問題會向可立吐苦水之外，失戀、單戀的事也會告訴可立。初時，她以為可立不會明白這些感情事，畢竟，他在中四那年已受傷入院，感情的經驗該不會多吧？

然而，談下來她才知道，可立在院舍裏很受護士和女義工的歡迎，還有幾次婉拒求愛的經驗。其中，也遇到過心中所愛的，可是他為怕負累對方，也不想對方承受太多家庭壓力，還是選擇懸崖勒馬，不讓感情發展下去。

感情事不順的若林唯有寄情於工作，在職場中屢屢升遷，在她升上部門主管之位時，收到可立的祝賀電話。

「恭喜你終於攀上了自己想要的職位。」

「你怎知道的？」

「看你的 Facebook，看到你的同事對你祝賀就知道了。」

「感謝你之前的鼓勵，實在得來不易呢！」

「你的付出我明白的。是了，你也要恭喜我呢！」

「怎麼？你從事電話銷售的職位也升遷了？」

「不是啦，我要結婚了，邀請你來觀禮。」

「結婚？」若林感到前所未有的震撼，「怎會這麼神秘？沒有一點先兆？我連你有女朋友也不知道呢！太不夠朋友了吧！」

「是在日本認識的，她在殘障院舍裏當護士，去了兩次日本，之後電郵聯絡……」

「這次不怕……」若林想說這次不怕負累人家了嗎？但說了一半沒說下去。

可立卻明白她要說什麼，「她是個意志堅定的女孩，認定了要走的路絕不後悔。」

當然要很堅強吧！還要離鄉別井的嫁來香港。

那一回，若林因為要上班，沒有去參加婚禮，可是仍一面上班一面為可立祝福。

多大的困難他也克服了，多不可能、不可思議的事，可立都做到了。

本來，他被醫生斷定了一輩子只能躺在牀上，雙眼盯着護養院舍的天花板度過的，然而，他卻可以自理，可以考會考、上大學，自食其力，還可以獨自外遊，駕車，搬到外面居住，然後結婚……

這麼多不可能的事，他都做到了，若林相信他們很快會生孩子……

果然，兩年之後，他的太太為他生下可愛、健康的女兒。

一切旁人看似不可能、一切人們以為只有正常人做得到、殘障人士做不到的，可立都做到了，於是，若林認為可立能人所不能。

多少回，若林在夢中看到可立從輪椅上站起來的畫面……多少次，在新聞資訊中看到幫助殘障人士站起來行走、活動手部的新發明時，她都會第一時間想到可立，密切留意最新發明什麼時間可以付諸應用。

然而若林最後明白了就算可立不能站起來，不能行走，他也比許多所謂正常人更正常，且過着比他們更正常的生活。

三・文秀

「連社工也被捕了！陳文秀，是社工協會的主席，連她也被無理拘捕了！這還了得！」在茶餐廳吃午餐時，旁邊的人看着電視新聞直播，憤憤不平地大嚷。

「她就是那個常常拿着大聲公，叫警察不要開槍，叫警察給示威者時間撤退的那個社工。」另一個人說。

「對呀！雖然叫嚷有點煩，但是她在現場不怕危險，保護了很多學生。」之前那人說。

「警察是刻意在眾目睽睽之下給她上手銬施下馬威的吧？她一早是警察的眼中釘

了！」另一個說。

不錯，文秀在大學畢業之後成了社工。中學的舊同學有成為律師、醫生、高官的，但同學中令我最引以為傲的，一直只有成了社工的文秀。

* * *

中四那一年，我考全班第三，但中五上學期，我考了第二。

並不是我的成績進步了，而是考第二的陳文秀退學了！

考第一的是人稱「周滿分」的同學，由小一起，一直考第一，沒辦法！

文秀自中一起也一直考第一，自從她從甲班轉來乙班，兩雄相遇，她就屈居了次席。

我呢？我也被同學稱為「林高分」，因為我有三高——中文、文學、中史三科全班最高分，但是因為英文、數學成績一般，就怎樣努力也只能排第三。

中五上學期期考前，文秀突然住院了。她素來是同學眼中的「藥煲」，考試一來，她太緊張也就病倒了，聽說她從小有腎病。

原本漂漂亮亮的一個女孩子，因為長期吃腎病藥，受到藥物影響，身體變得有點微胖，但胖也胖得漂亮、可愛。

期中考她一直住院沒有回校參加考試，於是，我就考了第二。

同學們都恭喜我，恭維我：「林高分厲害耶！」但考了個第二只因原本第二的人沒考，不是因為自己進步了，有什麼好恭喜？哪裏「厲害耶」了！我是絲毫沒有感到興奮的。

消息靈通的同學還説文秀將會休學，因為身體一直不好，父母擔心會考壓力太大，會壓垮她的身體。

「好端端的為什麼輟學？」我想不通，同學們也答不上話來。

「不行，我要去她家找她！」

同學們聽了有點震驚，面面相覷。

* * *

坐言起行，第二天上學我特意早了一個多小時出門，先去文秀家再上學。

文秀一家住在學校附近的公共屋邨，離學校只是二十分鐘步程，之前跟一大班同學去過她家玩，所以我知道在哪裏。

到了她家樓下，我打了電話上去。

「早晨，我找陳文秀，我是她的同班同學。」

電話中的是成年男聲，該是文秀的爸爸。

「同學，請等一等啊！」聲音溫文而親切。

「是世伯嗎？我有事情想跟你談。」我大着膽子說。

「有事情跟我談？」世伯感到莫名其妙，他的反應是應該的、正常的。

但是文秀有一個不正常的同學！

「是的，請讓我上來打擾，十多分鐘就好！」

親切的陳爸爸沒有拒絕我，開門給我時，還高興地說：「原來是高分同學，進來吧！」

「打擾了！」我向他稍微鞠躬便進了屋子。

「沒關係，我今天當晚班，還有時間。」

文秀爸爸是早班小巴司機，今天剛好和朋友調了更。

坐下喝了口水，之後文秀和爸媽圍着我坐下，臉上的表情訴説着對我要説什麼的好奇，他們好奇的目光就像看着珍禽異獸。

「世伯、伯母，請讓文秀回學校上課吧！」

那時大概是我一生人中最固執的時期，眼中只有黑白對錯，沒有中間，也沒有絲毫轉圜的餘地。

文秀爸媽的表情先是錯愕，繼而又像有點感到好笑。文秀爸爸看了文秀媽媽一眼，像有了默契似的，然後對我說：

「高分同學，感謝你對文秀的關心，還特地跑來勸我們，可是，讓文秀休學，是我們一家人深思熟慮後的決定。文秀身體不好，但是十分專注於學業，會考給她壓力太大了，會弄垮她的身體的。我們一家人商量過後，決定讓她轉讀商科，將來做個秘書或者會計，健健康康、扎扎實實地過活就好！」

「可是，讓文秀繼續上學，她一定能夠考好會考，然後升上預科、升讀大學的，將來會成為醫生、律師、建築師……」我不讓自己有思考、退讓的空間，一口氣說下去。

「可是，沒有了健康就一切都不用談了，我們是擔心文秀的身體應付不來。」文秀爸爸誠懇地解釋。

「請世伯放心，我和同學們會照顧文秀，隨時留意她的身體狀況。我們還會帶她出去玩，跟她說笑，讓她減減壓……」

文秀爸爸笑了起來，但還是耐着性子說：「沒有那麼容易吧？這些年來文秀的身體一直不好，我們實在擔心……」

我插嘴道：「同學們都很不容易的，有些因為資質問題，怎樣也讀不上去，有留班的，有考倒數幾名的，他們考會考只求五科及格，對升大學更是想也不敢想，只有望門興歎的份兒。難得文秀是讀書材料，她的學業成績一直讓同學羨慕，她現在放棄實在十分可惜。」

我努力鼓其如簧之舌，但文秀爸爸並不就範。

「沒辦法，我們實在是憂慮文秀的健康，雖然也有點感到可惜，但這是我們一家人商量了個多星期後的決定。」

「文秀有家人、老師、同學的支持，一定挺得過去的！我沒有了父母，幾乎沒錢交學費，但我十分珍惜讀書的機會，我也一直得到學校裏老師、同學的支持……」

說到這裏，我知道自己的眼睛紅了。文秀爸爸拍了拍我的肩膊，抬頭看了看文秀和文秀媽媽，歎了口氣說：

「高分同學，十分感謝你對文秀的關心，也感謝你到我們家裏來，讓我們再考慮一下吧！但其實改變決定的機會是不大的了……」

「今日起，我會每天在樓下等文秀一起回學校上課的！」

說完，我站起來頭也不回地跑到門口，但開門後，我還是轉身向文秀一家人微微鞠躬，卻意外地瞥見文秀的眼睛也紅了。

* * *

之後的幾天，我每天也提早起牀，到文秀家樓下等她。文秀家就在四樓，相信他們在露台是看得到我的。

到了第五天，我因為夜裏溫習得太晚，遲了起牀，所以沒有到文秀家。然而，當回到班房，卻看到文秀原來的座位旁邊圍了一堆同學，他們都爭着說：歡迎你回來！

透過同學黑壓壓的人頭、高低參差身影的縫隙，我再次看見文秀微紅的眼睛。

文秀初回來上課的頭幾天，我也有到她家接她一起去上課。我也信守諾言和同學一起時常留意文秀的健康狀況。看到她溫習太久，會拉她出去玩，同學們也會輪流跟她講無聊笑話。

班中有什麼活動我也會邀她一起參與，她也會邀我到她家吃飯，文秀爸爸做的茄汁豬扒是天下間最好吃的。他們一家五口——爸媽和文秀，還有她的兩個妹妹，一家人互相支持、樂也融融，令我十分羨慕。我認為幾乎是她家的鄰居，都可以感受到他們的家庭溫暖；看到她家其中一位的笑容，腦海中會同時浮現她其他家庭成員的笑容；對於從小沒見過爸爸的我，文秀爸爸敬業樂業、和藹可親，儼然成了我膜拜的父親形象。

然而，也許因為備受保護，文秀變得更怕事、更羸弱；也許是出於報恩的心理，她對同學的要求有求必應，對我的要求更是從不拒絕。漸漸地，一些同學原本負責班上的職務也推了給她做，連我也禁不住在別人拒絕幫忙時會馬上想到她。

我想：這樣下去是不行的，她會成為被欺負、被佔便宜的對象，即使她的身體健康沒出狀況，她的情緒健康也會出狀況，她的有求必應、千依百順，日後在殘酷的社會中會招致怎樣的厄運？

我更發覺她漸漸變得十分倚賴我，而且如影隨形的我到哪裏她便到哪裏。這樣是不行的，她會變成受保護動物，在家裏受到保護，在學校也如是。

這樣下去是不行的。於是，我開始刻意疏遠她，刻意對她說話大聲點，刻意忽略她的好意。

有一次，她在學校自修室裏好不容易等到的位置，被低年級的同學霸佔了，她沒有跟那人理論，卻是一聲不響地拿起自己的書包走了。

坐在隔兩行座位上溫習的我看不過眼，衝過去拿起那低年級學生放在桌上的書，大力地摔到地上。聲響令整個自修室的同學都看過來，那個低年級學生慌忙撿起書抱頭鼠竄走了！

我把文秀叫到自修室外，對她咆哮：「下次被人欺負要反抗，知道嗎？」

她低下頭，沒回應。

「下次給我看到你不反抗的話，打完心口打背脊！是打你啊！不是打他！」

我刻意以粗魯的話語來吼她，她果然被嚇到了！

「下次再讓我看到你把自己的東西讓給別人，見一鑊打一鑊！打你啊！不是打他！」我再說。

看見她吸了吸鼻子，眼睛又轉紅了，我滿意地走回自修室。

之後，文秀總是遠遠地看着我，不敢走近，我看到她時總會刻意地扯高聲線嚷嚷，讓她察覺我的野蠻。縱使和她談話，也總是粗聲粗氣的，不再讓着她。

漸漸，我看到她改變了從前的一味忍讓，也聽到同學投訴把班務推給她時被她拒絕了！

有一次，自修室裏只有幾個人，我和同學談起在班會中爭論的事。

「擇善固執，當仁不讓。我認為對的一定爭取，自反而縮，雖千萬人吾往矣。」

說時，不自覺地愈說愈大聲。在隔兩三行座位中的文秀悄然走過來，把食指放在唇邊「殊」的一聲，然後輕聲說：「在自修室裏不要吵，再吵的話，打完心口打背脊！」

我看看她，還來不及反應，她裝兇的指了指我，又指一指我身邊的同學說：「打你，不是打他！」

我呆了一下，然後和文秀相視而笑。她學滿師了，可以下山闖蕩江湖了！

* * *

文秀順利在會考取得優異的成績，大學入學試也自然難不倒她。在這期間，她的身體也沒有出什麼健康問題。然而，在大學畢業後，她卻患上了癌症，她和家人也沒有告訴我，是她痊癒之後才從同學口中聽到的。

那個中學同學和文秀升讀同一大學，那時我有一個同事的媽媽患了癌症，她又害怕又沮喪。跟這個同學談到這件事，她說：

「叫文秀去鼓勵她吧！她們患的是同一種病，文秀是堅強地捱過去了，她應該樂於和別人分享經歷。」

我感到震驚，因為很久沒聯絡，我是直到這時才知道文秀得過大病，心中很慚愧沒有去探過她，沒支持過她。

後來文秀去了醫院探我那位同事的媽媽，鼓勵了她。在醫院再見到的文秀，已經不再是那個嬌柔羸弱的女孩，而是戰勝了一個又一個難關的強者。

*　*　*

文秀被捕後的幾天，在網媒的報道中，知道文秀果然被送到了邊境的拘留中心——那個令被捕者聞風喪膽，被暴虐也叫天不應、叫地不聞的地方。

再隔了幾天，也是當社工的朋友傳來訊息，說那幾天那個邊境拘留中心的被捕者沒有受到暴虐，因為社工陳文秀保護了他們，教導他們被拘禁時應有的權益，那裏的監視人員也忌憚她三分。

又過了幾天，文秀終於獲釋了，在記者招待會上，她說：「我不是抗爭者，但是我明白抗爭者『自反而縮，雖千萬人吾往矣』的精神，我會繼續盡力守護他們。」

聽着聽着，我的眼睛紅了。

四・秀月

每星期我們有兩天會到學校附近的屋邨酒樓午膳，通常是星期一和星期五。

星期一剛發零用錢，同學會有錢多吃些點心，星期五如果還有用剩的錢，同學就會再去一次揮霍盡它，說不定還會大發慈悲，補貼一下其他同學。

星期五怎可能還會有零用錢供揮霍呢？有的，秀月就是其中一個，不，應是唯一一個。

秀月的媽媽在這屋邨的街市賣菜，在家長職業一欄中寫的竟是「商人」啊！他們家有兩個相連的菜檔，該是很賺錢的吧？秀月是家中長女，她媽媽豪爽地說：「長女該好好學習怎樣用錢、怎樣支配錢的！」

秀月可以「支配」的錢一定很多吧？當我們計來算去，只是叫「小點」、「中點」的時候，她竟是叫「頂點」、「特點」的！哪個同學會在午飯時吃「灌湯餃」耶？只有秀月會！她有時還會叫乾炒牛河、肉絲炒麵哩！她的食量不算大，會豪爽地請同學一起吃，可惜我搶得不夠快，許多時只有吃到芽菜、韮菜的份兒。

我為什麼會跟去呢？我又沒錢，同學叫到不好意思拒絕嘛！而且一大班同學去吃飯，熱熱鬧鬧，喧嘩一輪也挺減壓的。我多只是叫一個小點如排骨、牛肉球等和一個白飯，是寒磣一些，但同學們才不會理會，他們頂多會說一句：「吃那麼少，怪不得叫『阿奀』！」另一個會搶白：「才不耶，人家叫『林高分』啊！也許吃太飽會妨礙思考、妨礙溫習、妨礙得高分的！」

我多想告訴他們我每次跟他們去茶樓都是吃不飽的，通常到午飯後第二堂就餓了！我還想告訴他們對於我這個連學費也差點交不起的同學來説，連「小點」也是覺得貴的。我甚至有時會不自覺地把那張點心紙翻來翻去，奢望找到「小小點」、「特小點」的影蹤！

為什麼茶樓的點心單上，「大點」之上通常還有「頂點」、「特點」，「小點」之下卻沒有「小小點」或「特小點」呢？這不是欺負人嘛！

在一眾同學的喧喧嚷嚷、七嘴八舌之中，我常是默默地吃着牛肉球或排骨送白飯，好幾次，我甚至是只吃白飯的。有幾次，秀月會仗義地把一件鴨腳扎或鮮竹卷，一聲不響、「暗渡陳倉」地送到我的白飯碗內，這時節，我除了報以一個感激的眼神之外，也委實沒有什麼可以報答她的。

* * *

不久，報答秀月的機會終於來了！

下課後，學校會開放自修室給學生溫習，直到十時。但後來有家長投訴十時才溫習完回家太晚，通往學校的小徑入夜後太靜，治安不靖時，學生會有危險。於是，校方把關門的時間提早到八點。

那麼八點之後該到什麼地方溫習呢？附近的自修室一位難求，有些同學會聯袂到公園溫習，但公園的光線太暗了！

怎辦呢？最後，我想到了去附近屋邨的停車場溫習。停車場的光線足夠，又不會太吵，而且有管理員，不會不安全。但管理員不會驅趕我們嗎？停車場中有許多大柱，我們只要躲到柱後靜靜地溫習便成，閉路電視上是不會看到的。而且只要我們不吵嚷、不破壞，管理員是會隻眼開隻眼閉的。

最初，只有我和兩、三個家中環境太吵又想爭分奪秒溫習的同學會來停車場，但漸漸人多起來，最後竟連秀月也來了！

秀月向來不大關心學業成績，也不是讀書的材料，下課後多是跟同學去玩，從前聽她說她只要讀到中學畢業，媽媽就很滿足，為什麼突然要來一起溫習呢？

「我要讀中六，就算不能升讀大學，可以讀中六就好！」她雄心萬丈地說。

她喜歡來就來吧！反正停車場又不是我的，她只是停車場內大柱後的一個人而已！

但原來也不是完全不關我的事。現在這臨近會考的衝刺階段，同學們讀的都是一些雞精書，甚至雞精書也太厚了，我們會將重點抄在紙卡上方便背誦。我既被同學們稱為「高分」，我製作的溫習重點卡就成了同學們的爭奪對象。他們甚至視之為武林秘笈，巧取豪奪、軟硬兼施，不一而足。

我當然不會讓他們容易搶到，我只會拿自己溫習完的和另一個某些科目比我強的同學交換溫習卡，或者有什麼新奇又飽肚的零食可以用來交換我的一兩張。

走。

在搶奪的同學中，我常看到不好意思開聲的秀月，眼巴巴地看着溫習卡在她眼前被搶走。

她自然是不好意思開聲問的，因為只要她一開聲，同學們一定會酸她：「給你拿到了又怎麼樣？你還是會會考不及格的！」「給你拿到又怎麼樣？看不到兩分鐘你必定會睡着了，那豈不是浪費？不如給我好了！」

看到一臉無奈的秀月，有時我會乘着我們身邊都沒有同學的時候，一聲不響、暗渡陳倉悄悄地把溫習卡夾在她的天書裏。她發現之後，會遠遠地向我投以感激的眼神。

當時，其實我也和其他同學一樣好奇，很想問她為什麼要努力讀書升讀中六的。

但是不久之後，我的好奇心失去了。最初的兩、三天，秀月沒錯是拿着我的溫習卡在背誦，可是，三天之後，我發現她和幾個同學圍在一起看日本時尚雜誌《non-no》。

*　*　*

由她吧！反正我又不是對她有什麼期望，只是還個人情，她投我以鴨腳扎，我還她以溫習卡而已！

但是，漸漸地，我發現她有很奇怪的行徑。

幾個同學在起哄，要她穿上高跟鞋走走。

高跟鞋？

不錯，秀月和同學老遠地去了銅鑼灣買了一雙和在《non-no》上看到差不多款式的高跟鞋回來，就在停車場裏試穿！

這裏是停車場耶！有很多車進進出出呀！在這裏溫習已是怪事，還要來個時裝 show、Cat Walk！

那雙高跟鞋該有 10cm，穿在只有 150cm 的秀月的腳上，怎樣看也像踩高蹺。秀月平常活潑好動，也是大半個運動健將，穿球鞋的時間必定比穿高跟鞋的時間多。她穿着高跟鞋在車來車往的停車場中踱步，怎不令旁人觸目驚心？

為了不想成為交通意外現場的目擊證人，我放棄了停車場，轉移陣地，加入在公園溫習的同學那邊去了。

* * *

距離會考還有三個月，謝師宴卻是提前作準備了！

同學們認為我們應該在謝師宴上合唱一首歌，班長張建民提議唱《一點燭光》，不知怎的，我就是不想同意，那首歌的旋律太悶啦！

也許不是歌的問題，是人的問題，我就是有點看不慣張建民這傢伙！從中一到中五都是班長，中四、中五是班會主席，成績好，人也長得高大，好模好樣的，就是有點目中無人。

我和他中四、中五同班，就是沒和他談過什麼話。某一次他說：「我升讀中六、大學必定沒問題的，就是選港大還是科大有點傷腦筋！」

聽到就想揍他，一定要挫挫他的鋭氣才行！

距離練習謝師宴的歌曲還有三天，我找到了盧業瑂唱的《臨別依依》和張建民提議的《一點燭光》抗衡。《臨別依依》旋律好聽、歌詞容易記，而且適合女孩子唱，班中有七成是女生，選擇這首歌該是更好的。

我把握這剩餘的時間，在小息、午飯時間反復在班房裏播放這首歌，當然也少不了用我的溫習卡鼓勵同學支持。

張建民還是一貫自信滿滿的說：「既然有兩個提議，那就表決吧！」

那就有你好看了！看看自己怎樣全軍覆沒吧！

投票那天，投給《臨別依依》的佔了九成同學，而支持《一點燭光》的只有幾隻手，我幾乎笑了出來。然而，偷看那些手是誰舉起的當兒，發現除了張建民自己和他的兩個死黨之外，竟然還有秀月。

是我看錯了嗎？

＊　＊　＊

謝師宴當天，班上的女同學們約了在秀月家打扮一番，才一起出發到酒店場地。

到了秀月家，才發現女同學都穿了裙子，只有我一個穿褲子。

「尊重場合嘛！舉行謝師宴的可是大酒店的宴會廳啊！平時上學都穿校服，難得可以穿上漂亮的裙子！」

上學時不就是每天都穿校服裙嘛！難得穿褲子見老師、同學，而且褲子也可以很漂亮嘛！

女同學們都在化妝，花上好幾小時。煩死人了，不就是見天天都見的同學、老師嘛！他們不會因為你今天化了妝，和平時有點不同而對你另眼相看的！

更令我吃驚的，是有一大班人圍着秀月，突破叢圍進去，見到一個化了濃妝的陌生女人在替秀月化妝，他們說，那是專業化妝師，擅長新娘化妝！

秀月今天是要結婚嗎？新娘化妝師，真誇張！

然而，當呆等了三小時，秀月化妝後站起來時，我整個人更呆了！

身高本來只得 150cm 的秀月，穿上高跟鞋之後，看上去有 16(cm 高。她身上穿了閃亮亮的名牌亮片裙子，化了新娘妝以外，長髮上還結上很多條小辮子，這種小辮子髮型，有點眼熟，像是某齣動畫女主角的造型。

我想起，本來是運動健將的秀月，這幾個月以來減少了運動，皮膚由本來的黝黑漸漸變白了！

我想起，本來蓄一頭清爽短髮的秀月，這幾個月來刻意留了長髮。

她也似乎變得有上進心，想升讀中六……，還有，不惜冒險穿上 10cm 高跟鞋令自己變高……

變高、變白、變漂亮、升中六，還有，那一次冒大不韙舉手支持……

想起來了！那髮型、那造型，來自……張建民喜歡的動畫女主角……

* * *

之後，我和張建民升上了中六，秀月沒升上，我還和張建民升讀同一間大學。

有些時候，回想起謝師宴那個晚上，我很懷疑張建民那天有沒有好好看過秀月一眼。

升上大學的張建民，變得比從前更張狂，他意氣風發地說：「這麼辛苦唸書考大學，現在考進了，就該好好玩兩年！這是年少輕狂吧！」

聽說他在大學宿舍裏放浪形骸，平時不大用功唸書，還迷上了打麻將。

一眾稍為懂得打麻將的同學，也常接到他的電話，總是涎着臉、死纏爛打地要同學「戥腳」。最後，連我這個只懂吃「雞糊」的，也成了他的「後備腳」。

長假期的某一天，窮極無聊的我勉為其難地應了一次約，到了某同學的家，卻發現其中一隻「腳」「脫腳」了，放了飛機。

張建民發瘋似的到處打電話，我忽然想到了好點子：「找秀月吧！她就住在附近，而且聽說她在出入口公司當文員，工作清閒！」

秀月來了，明顯是經過悉心打扮的。為了陪她，之後我又應過幾次約，但是，受不了秀月時常「鬆章」給張建民，也沒有這麼多錢去輸，沒有這麼多時間去花，後來就沒再去了，反而是秀月成了他們的「椿腳」。

* * *

聽說後來秀月努力進修，好讓自己跟張建民的大學同學搭得上話，又聽說之後張建民因為太懶散，幾乎留班要重考，那段艱難的日子，都是秀月一直在陪伴他、鼓勵他。

大學畢業數年後，張建民和秀月結婚了，我因為工作忙沒出席他們的婚宴。然而沒幾年後，聽聞他們離婚了！

在一個舊同學聚會上，重遇秀月，她抱着只有兩歲的兒子來。聽說是她在獨力撫養兒子。

「獨力養孩子很辛苦嗎？」舊同學問秀月。

「不會呀！媽媽、弟妹會幫忙，他們都很疼這孩子！」秀月笑着回答。

「沒想到那人會這麼負心。」一個同學抱不平。

「不是啦！他只是要追尋理想，到國內工作打拚，沒有家累會好一些。」

孩子叫常樂，他的樣子跟張建民很像，簡直是「縮小版」、「童年版」張建民。

「孩子跟建民一個餅印兒！」我說。

「就是嘛，很多人也這樣說！」秀月抱緊孩子，滿足地笑了。

五．德芬

如果不是出版社派我來，我才不會出席這樣的講座。作家榮休分享歷年寫作心得，內容肯定沉悶！

作家為什麼要退休呢？做作家又不用求職、辭職，又沒有退休金，想不再寫就不寫罷了！為什麼要告訴別人退休？難道退休了腦袋就不再運轉嗎？腦袋還在運轉的話，隨時可以再寫作再出書呀！為什麼要煞有介事地告訴別人不寫了！

難得還有這麼多人來聽！星期六嘛！去好好看場電影，去一間排長龍的食肆打卡，或者在家睡大覺補充一星期的睡眠不足也好呀！

我是多麼想躲在家中睡大覺！市場部總監卻是逼我來聽，有出版部的文青小夥們打點一切不就行了嗎？為什麼一定要我來？

「出版部的推廣不一樣是你負責的嗎？那邊的推廣主任才入職不久，你不去看看怎成？作為推廣部主管要多瞭解年輕下屬才接地氣呀！」

接地氣？為什麼你不了解一下我這個下屬？大熱天穿着套裝跑出去跟那些出版商、文具、精品供應商開會，一開就幾小時，午飯時間也要跟那些人見面，好不容易熬到星期六，想休息一下，現在願望落空了！你怎麼不瞭解一下我？接一下我的地氣？星期六工作連加班費、補假也沒有呀！我心裏有氣！你還叫我接地氣！

我已經不是年輕小夥，不用休息可以通頂幾天呀！

「和小夥們多在一起，心境也會變得年輕呀！」他拍拍我的肩膀說。

心境年輕又怎麼樣？我的身體不年輕、體力不繼呀！你自己又不來？為什麼你星期一跟那些年輕貌美的女同事去德國書展？

我們只是做推廣又不是做出版！又不用去買賣版權什麼的！

以上這些話，我當然沒在他跟前說，只是向他微微躬身，說了句：「CY 你想得真周到！」

當然，我由年輕時已知道自己永不會得到年輕貌美的女同事的優待、好處。從前是年輕，但不貌美，做菜鳥時只有被呼來喝去勞動的份兒。男同事總跟我說：「不是說男女平等嗎？」

男女平等？連飲水機換水也是我做的，看到蟑螂就躲到我後面，為什麼對貌美的女同事就不說男女平等，卻說要有「紳士風度」？

以為憑實力捱到推廣部經理的位置就不用辛勞，只有指揮下屬工作的份兒，誰知不貌美而連「年輕」也沒有時，上司仍是對你頤指氣使，還要時常擔心因薪高年資長而被取代、被裁撤！

不覺已在腦海中埋怨了十分鐘，正當打個瞌睡之際，講座卻開始了！總不能坐在第一行打瞌睡吧！

我趁司儀介紹作者時半站起身，矮着身子由旁邊跑到最後一行，當經過第六行時，我瞥見一個熟悉的身影。

因為不是我負責接待入場的，所以不為意有熟人。在最後一行坐下之後，我透過觀眾間的縫隙看過去看仔細些。

應該是她吧？雖然已經二十年沒見面，臉孔已沒有當時的嬰兒肥，但那深邃的輪廓卻是變不了！二十年已過，但誰會忘記她呢？她可是當時的風頭躉！

＊　＊　＊

這是我聽同學說的。

有一次，德芬在圖書館借書，在書架前翻書時，把借書證放在書架上，但轉過頭便發現借書證不見了！之後，有人拿了她的借書證去影印，因為借書證上的相片太漂亮了！聽說 6A 班中有半班男生也收藏了這張影印本。

有一次，中六級大合照的照片發下來後，同學看到一大班男同學拿着照片圍着德芬，爭着要她在相片上簽名。

期中考試時，同學發現坐在德芬前面幾排的同學經常回頭看她，結果令監考老師以為她作弊！

還有更厲害的，德芬當上慧社主席時，因為德芬要張羅陸運會啦啦隊揮動的小旗幟，木工老師竟然主動請纓幫忙，花了三個晚上在學校木工室留到十時去製作，他還不是慧社的負責老師！他可是負責智社的哩！

說到德芬當上慧社主席，那可是當時的大事。

誰都知道她只喜歡畫畫，從不參與社際事務，也從不是運動健將、話劇發燒友……

當學期初選社主席時，候選人只有李美鳳，她由中三到中六也是慧社的康樂，是運動健將，也是一個美人胚子。誰都會認為今年一定是她當上慧社女主席的吧？

選舉那天下午，慧社負責老師區 Sir 想：「只有一個人必然當選不太好，多找一個人來選熱鬧些。」

當時德芬剛好路過，區 Sir 攔下她，跟她說：「德芬，你好像是慧社的吧？」

德芬點頭，區 Sir 續說：「一會叫你的名字時，你到台上來站一站。」

「做什麼？」德芬問。

「總之上台站一站就好，不會花你多過十分鐘，老師找你，你不會不幫忙吧？」

區 Sir 是德芬的班主任，又是她班連續三年的英文科老師，區 Sir 開聲要求，她不敢說不，只好勉為其難接受。

到了選舉的時候，李美鳳意氣風發地站在台上，向台下低年級的小「粉絲」揮手。

區 Sir 揮揮手，叫德芬上台。德芬低着頭緩緩的走上去。

區 Sir 嚷：「選李美鳳的同學請舉手。」

在座的慧社同學有一半舉手支持她，區 Sir 循例點票，大家都相信已經選完了，李美鳳該可順利當選。

點完了，區 Sir 再叫：「選沈德芬的同學請舉手！」

誰都想不到，也有一半同學舉手。

大家都驚訝了，點票結果，李美鳳以一票之微勝出。李美鳳和德芬也舒了一口氣。

「只多一票？那有可能會點錯的，我們再舉一次手吧！」區 Sir 説。

這次先輪到德芬，區 Sir 一聲令下，在場竟有大半的同學舉手支持德芬，而由於是男女分坐的，男生那邊竟幾乎全部支持她！

德芬以壓倒性票數勝出！

德芬離開禮堂時，從禮堂排隊魚貫而出的中一、中二小男生經過她身邊時都大聲叫嚷：「我有份選你的！」

* * *

以上是德芬中學時代的光榮事蹟，引起多少女生妒忌，而我，卻是羨慕的多。

也許陷於回憶中的時間容易過，個半小時的演講完畢。我走上前跟德芬打招呼。

「德芬，認得我嗎？二十年沒見了！」

「你……」

她錯愕地看着我，「是小玲……你也喜歡這位作者？所以來聽他的講座？」

「我們到外面邊走邊談……」我跟同事交待了兩句，就跟德芬走出去。

「之前我替這位作者的書畫過插畫，很喜歡他的作品，聽說他要退休了，所以特地來聽他的講座。」德芬說。

講座之前，我可是有做功課的，看過他的生平事蹟，也從同事口中聽過一些關於他的軼事。不做點功課的話，見了作者、讀者時啞口無言就糟了！

因此，我可以跟德芬娓娓而談關於這位作者的事，她還以為我跟她一樣，是他的忠實讀者，所以跟我談得很投契。

「我們到附近的咖啡店坐坐敍敍舊吧！」我說。

「對不起，我訂了點美術工具，一會有快遞要送貨來，要回家等候。」

「那樣的話……，只好等下一次了！」我說。

「不嫌棄的話，可以來我家坐坐。」她說。

「那當然好……不太打擾的話。」我有點喜出望外了！

老實說，雖然是同性又是舊同學，但已經二十年沒見，換了是我，我不會帶朋友回家。一來家中太亂懶得收拾，二來從工作生涯中學來的智慧是「逢人只說三分話」，和朋友之間也要保持五公呎的距離。

倒是德芬一向是個單純、率直的人，沒想到多年來也沒變。

德芬的家在沙田，距離舉行講座的沙田大會堂只有十分鐘車程。她住的是沙田第一城只有三百呎的單位，開放式的空間，佈置卻十分雅致。

這裏也是她的工作室，周圍掛了她自己畫的插畫，還有她的雕塑品。這裏，也可說是她的半個個人作品展吧！

德芬是位插畫家，這是我從同學口中得知的。

「中學時一直想當作家，所以想唸中大中文系……後來……沒唸成，進了大一讀美術……」

「對啊，中學時代，你除了中文科成績很好，畫畫也有天分，作品常常貼堂。」我說。

「也幸好選擇了畫畫，可以在家工作，不然，外面職場複雜的人際關係我可吃不消。之前也在出版社工作過，要應付同事真令人疲累哩！」

「說來有點奇怪，中學時代我們幾個女生一直以為你可以當上演員、模特兒什麼的，我們都對你既羨慕又妒忌，那時真幼稚啊！」

「為什麼要羨慕又妒忌呢？」她問。

「無論在學校或到社會工作，擁有美麗的外表總是有好處的。」我認為這是理所當然。

「真是這樣嗎？」她不以為然。

* * *

德芬陷入回憶中，告訴我她失去好朋友的經歷。

因為太受男同學歡迎，德芬在中學時代不容易交朋友。其中，樣貌娟好、運動健將、一身黝黑皮膚的美鳳，由於感到和德芬旗鼓相當，社交手腕好、帶點驕傲的她認為自己在任何方面也不輸給德芬，而且德芬為人較內向愛靜，沒有搶她風頭的能力，所以，美鳳主動和德芬成為朋友。

二人走在校園，常成為眾人目光的焦點，可是，投到德芬身上的目光顯然多些。學生時代，男生都喜歡文靜溫婉的女同學多於強勢彪悍的吧？

學期初，美鳳已經喋喋不休的對德芬說自己將成為慧社主席，一定會變得很忙。終於等到連任了兩年的女主席升讀大學了，女主席一位成了她的囊中之物。

「其實也不必選了，也沒有人能跟我爭，直接當選省點時間。但區 Sir 說有競爭才好，而且讓同學選會令他們更投入社務，說讓他們早點瞻瞻女主席的風采也好。」美鳳信心滿滿地說。

德芬很珍惜美鳳這個朋友，她也從沒想過要當上慧社女主席，只是恩師區 Sir 開口說到，她就勉為其難站到台上當個佈景而已，誰知道……

當第一次投票，看到有這麼多同學舉手，已令德芬驚呆了，她也瞥見美鳳的臉容瞬間變得扭曲。

當知道自己以一票之差輸給美鳳，她舒了一口大氣，她看到美鳳的臉色也緩和了下

美鳳
正 正 正
正 正 正
正 正 下
正 正

來。然而，區 Sir 卻叫同學多投票一次！

接下來發生的事，更是德芬始料不及的，當她聽到區 Sir 說自己當選時，她連看也不敢看美鳳一眼。

當時，美鳳也大方地上前跟她握手祝賀她當選，令她存有一絲希望——美鳳該是器量大的人吧！

之後，離開禮堂，當低年級的男同學向她嚷：「我有份選你的！」時，她不敢想像跟在後面的美鳳的感受。

然而，之後美鳳漸漸跟德芬疏遠了，更令她難堪的是，連任康樂的美鳳在慧社開會時總跟她對着幹，說些令她難堪的話，還煽動其他幹事對抗她。

＊　＊　＊

「也許這事令美鳳有『既生瑜，何生亮』的憤慨吧！女同學之間互相嫉妒是常有的事。幸好當時有許多老師支持你啊！我記得當時有幾位老師是對你特別疼惜、關照的。」

聽完德芬說關於美鳳的事，我這樣說，以為可以安慰她。

「唉！」

誰知，她大大歎了口氣。

＊　＊　＊

美鳳中文科和美術科的成績最好，進大學她的首選會是中文系，次選是藝術系。誰知道，她在高考的中文科考試中失了手，只好退而求其次報藝術系。

當她第一次面試時，一向對她欣賞有加的方 Sir 說可以幫她。

在我們的中學任教是方 Sir 的第一份工，他才二十多歲，畢業後在中大當了幾年研究員，之後由大學教授推薦來我們的學校任教。

之前德芬考會考美術科時，得到方 Sir 的幫助不少，及後知道她高考中文科失手時，也是他第一個建議德芬改報藝術系的。

因為方 Sir 在藝術系認識很多講師，他之前也參與過學生面試的安排工作，所以在德芬的第一次面試前，他約了她出來為她備戰。

德芬很容易通過了第一次面試，得到了第二次面試的機會。方 Sir 說第二次面試只是形式上見一見，表現沒有大差錯的話，該是十拿九穩的了！

距離第二次面試還有一星期，方 Sir 叫德芬不要太緊張，應該去看齣電影鬆弛一下。他說買了戲票請她和幾個同學一起去看動畫片。

孰料，當德芬到達電影院，卻發現只有方 Sir 和她兩個人，而且看的是一齣有關愛情的電影。

那次之後，方 Sir 再打電話給德芬，德芬也藉故匆匆掛線；方 Sir 說有關面試的資料要給她，她也委託一個相熟的男同學幫她拿。

第二次面試那天，德芬為了慎重起見，早了個多小時到中大的面試場地，卻在那裏看到方 Sir 在等她，方 Sir 說：「還有很多時間，我們到學校飯堂坐坐吧！」

德芬不好意思再拒絕，只好去了。

坐下不久，方 Sir 看到德芬還是刻意和自己保持距離，答話也是有一句沒一句的，於是對她發狠話：

「別以為你一定可以進藝術系，我問過負責面試的人，他們說無論高考成績和面試表現，比你優秀的人大有人在，說不定你只是陪跑而已。而且你是那種忘恩負義的人，你以為他們不會考慮品行嗎？」

他還說了很多打擊德芬自信心的話，到面試時，德芬自信心全失，對試官的問題，她只答是或不是，結果，她落選了！

＊　＊　＊

「想不到方 Sir 是這樣的人，」我聽了德芬的話，心中有氣，「唉，想不到學校裏也有這種害羣之馬，那出來社會做事就更不用說了！但話又說回來，可有很多人的經驗是美女會得到上司和客戶的恩待，該是大有好處的！」

聽了我的話，德芬看着我，搖搖首，再搖首。

＊　＊　＊

從大一畢業後，德芬到了一間兒童書出版社當插畫師。雖然進不了中大，但她相信當插畫師是不需要大學學位的，只在乎實力。

進了這間出版社工作後，憑着實力，一年半內，她由初級插畫師升任插畫師，再升任高級插畫師、美術部主任，而薪金也增加了一半，然而，這時卻流言四起。

有人開始傳說：因為她的樣子像總編輯的初戀情人，所以總編輯特別厚待她。

流言傳久了便似乎成為事實，令德芬不勝其擾，於是她離開了那間出版社。

可是，到了另一間出版社也好不了多少，某次美術部的同事一起去台灣參加書展，晚飯後，美術總監竟悄悄地將自己房間的鑰匙牌塞給她！

如是者，一次兩次三次，已令德芬感到意興闌珊了，於是她索性辭去工作，當上自由工作者，在家中畫插畫維生。

* * *

「這樣也好，這樣一來，生活也樂得安靜啊！對於終日在外邊營營役役的我，實在有點羨慕哩。現在我雖是位處中層管理階級，雖然表面風光，卻是惶惶不可終日，時刻害怕被裁掉。人到中年，上有父母要供養，下有子女要擔憂，真是不止人到中年萬事休，還會萬事憂哩！」我說。

「我才不是這樣想，從年輕時開始，我一直盼望快點到中年，現在的生活倒十分愜意呀！」德芬說。

「這話怎講？」我好奇問。

＊　＊　＊

十多歲在校時，下課乘巴士回家，在巴士站和巴士上，總是常被鄰校的男生搭訕甚至故意招惹。回家時總是戰戰兢兢繞遠路，既要避開屋邨樓下的小混混，又要避開巴士總站旁汽車維修店此起彼落的口哨聲。

二十多歲工作時，上班途中，有一個在附近工作的男子，常駕車停在路旁等她要送她上班。

下班途中，多次遇上塞給她寫上電話字條的陌生人。連假日在家，有一次鄰居火警停電，竟有一個警察按門鈴要拿洋燭給她。

此外，還有多次被跟蹤回家的經歷，這令德芬每次在媒體上看到有非禮、強姦、性騷擾、求愛不遂傷人的報道後，都擔心得夜裏做噩夢、睡不合眼。

到三十歲後，這樣的騷擾總算少了許多，她終於感到安全一點，可以開始過上安心、愜意的生活了！

誰都渴望年輕、貌美，現在很多女孩都以「收兵」為樂、為傲，樣子再普通的女孩也要千方百計收幾個兵，彷彿那是生活必需品，誰想到竟然會有人想快點到中年，想身邊無人圖個清靜呢？

「比起美貌，心境的平安、心安理得、愜意的生活更難得吧！」德芬這樣歸納。

我掀開她畫的插畫書，翻着翻着，心中也感到平靜安穩，她在畫中想要傳達的，也正是這樣的信息吧？

六・小珠

關掉手機的錄音裝置，我再次向撒瑪利亞會的義工 Kevin 致謝。

「你當記者很久了？大學唸新聞系？傳理系？」

「我是唸中文系的。」我回答，他一愣。

「其實我從沒正式做過記者，只是喜歡寫作，喜歡聽人說故事，所以幫信義會做人物訪問。」我續說。

「雖說是訪問，但人物訪問就是聽別人說故事而已，我明白了！」他恍然大悟似的。

對啊！就是這樣，可是，我是在什麼時候開始喜歡聽別人說故事，喜歡聽人家說完再去尋根究底的呢？

我想起小珠，讀中四時的同學。

*　*　*

西史考試，不就是令我最頭疼的嗎？我常跟同學說：歷史我是最拿手的，可是要我用英文去理解，用英文表達出來，我就是不行！

不是嗎？我中史的成績可是全班頭幾名，可是，西史嘛，是倒數的頭幾名。如果像中文中學一樣用中文來唸西史，我的西史成績一定來個大反轉！

「可是，那些西方歷史人物的名字翻譯成一串沒意義又奇奇怪怪的中文字，不是很難記嗎？」小珠說。

「怎會難記？拿破崙、君士坦丁大帝、麥克阿瑟將軍……」我唸出一大堆名字。

「這就是怪怪的，我還是覺得西史要用英文讀。」她堅持。

當然，她的西史和英文科的成績也是全班頭幾名，哪會有同情心體恤我的難處。

此際，我看着試卷怎樣也串不出歷史人物的名字時，坐在隔鄰的小珠就在運筆如飛，她的原子筆飛快地畫在試卷上刷刷刷刷的聲音，不就是在嘲笑我嗎？

我投降了！這次西史考試一定又不及格。

我抬頭看看有沒有像我一樣沒轍的同學，好安慰自己，首先一定是望向右邊第三行第四個位的阿肥，因為她各科目的成績很平均，都是全班最低，老師改她的試卷最舒服，只消畫一個大交叉！

抬頭瞥見不知從哪邊的桌下拋來一個紙團，她一把接住，然後轉過頭來，剛好遇上我的目光！

她看着我一怔，然後低下頭轉回去，那個小紙團，不知藏到什麼地方去了！

我定一定神，一臉狐疑的收回目光，卻瞥見小珠，她正用凌厲的目光看着我。

我慌忙搖搖頭，再擺擺手，但她目光中的凌厲程度卻沒有減退半分。

好不容易考完試，我一踏出課室，小珠就追出來，把我逼到一角逼供。

「你作弊！」她嚷。

「我沒有啊！」我申辯。

「沒有？那為什麼阿肥要轉頭看你？她不是想要把紙團傳給你嗎？」

「當然不是！」

「那她為什麼要回頭看你？」她竟不相信我！

「她回頭看我，是因為……是因為……」

「快說，你不說的話，我馬上向老師舉報！」

「那是因為……」

* * *

一個月前的中史測驗，我曾經親眼看到坐在我前面的阿肥拿着一張小紙團在抄答案，我猛力踢一踢她的椅腳，她轉過頭來，心一慌，竟把那張小紙團吃了！

下課後，我跟在她後邊，猛力拍她的背，嚷：「吐出來！吐出來！」

她求饒說：「吃下那張髒紙已經是最大懲罰了！你還想怎樣？」

「才不！作弊的最大懲罰是趕出校！我要揭發你！」我嚷。

「我剛接到那團紙就被你發現了，我根本沒有抄呀！」她辯駁。

「我不相信！」

「到派卷時你就相信了！」她說。

派試卷時，我相信了她，因為她得的是零分。

「就算這次沒成功作弊，也是意圖作弊，是不對的！」我說。

「你就饒恕我一次吧！我今年已經是第二年留級，再不能升班就要趕出校了！你就可憐可憐我吧！」她求饒。

「再可憐也不該作弊，每個人都是靠努力取得好成績的！」

「可我沒你們那麼聰明、那麼有唸書天分呀！」

「說什麼天分？我們集中精神聽課時，你在聊天！我們努力溫習時，你去了看電影！我們通宵溫書時，你在睡大覺！」我毫不客氣地申斥。

「可是，就算我現在努力也來不及了哩！」她哭喪着臉。

「怎會來不及？現在才是上學期！我雖然只有中文、中史、地理、數學的成績好，但我可以幫你溫習，有四科及格也不會留班啊！」

「你真的肯幫我？那我應承你以後不作弊了！」她肯定地說。

之後，每天下課後，我都拉着阿肥到溫習室溫習，她這四科的成績雖然仍不及格，但是已取得近四十分上下的分數。

＊　＊　＊

「她轉頭看我，只是怕再給我發現作弊！」我強調。

小珠似乎已相信我，她拉着我的手往教員室跑。

「我們現在向班主任何 Sir 告發她！」

「慢着！你沒看見她作弊呀！你只看到她轉頭看我！我也只是看到她接到紙團！」我說。

「你看到那就夠了！除非你想包庇她！」

「我不是想包庇她，只是，好歹也該聽她說說呀！而且，如果她肯做證，揭出整個作弊團夥那不是更好嗎？」

「那好！我們現在找她去。」小珠總是這樣急性子。

＊　＊　＊

「我沒有作弊啊！」阿肥的表情一臉無辜。

「有哪個人肯自己認作弊的？一定要給點顏色看看才招認！」小珠裝作警察審問犯人的架勢。

「給我看什麼顏色？紅橙黃綠青藍紫？我可是嚇大的！」阿肥暴喝一聲，令小珠的臉色轉青。

阿肥向來受軟不受硬，而小珠最愛虛張聲勢，然而常是色厲內荏。

「我親眼看見不知從哪裏拋來紙團，而你是親手接住的！」我用緩和的語氣說。

「可是我連看也沒看過！」阿肥說。

「為什麼接了卻沒看？」我問。

「我不是轉頭看了看你嗎？我應承過你不再作弊的。你這麼辛苦幫我溫習，我不守承諾就不是人了！」

阿肥說得誠懇，我倒相信她。

「就算我們相信你沒有作弊，那麼紙團是誰傳給你的？你又傳了給誰？」小珠追問。

「我為什麼要告訴你？」阿肥毫不客氣。

「你要說出來才能洗脫嫌疑，不然她去告發你作弊，我也幫不了你！」我指一指小珠。

「我才不會回答她！」阿肥賭氣。

我示意小珠站遠一些，然後問阿肥：

「你不想作弊，為何要把紙團傳出去？你可以撕碎它、毀掉它！」

「不可以的，一定要傳出去！我也要講義氣嘛！一定要好好接住，而且傳給下一個，就算受到嚴刑逼供，也絕不能說出是誰傳給我，我要傳給誰！」

「你不供出來，不是要你一個人承受懲罰嗎？你好歹也供出一兩個人名來，我才能幫你，不然小珠向班主任告發了，你要留班、被趕出校也沒問題嗎？」我語帶恐嚇。

阿肥苦思一會，然後露出痛苦的表情，舉起兩手的食指，在嘴巴前做了交叉的手勢。

看來義字當前，阿肥是不會說的了，我只好將阿肥的話告訴小珠。

「我們去向班主任揭發她！」

「可是我相信阿肥沒作弊啊！」我說。

「你要包庇她的話，我自己去揭發她！」

「你去揭發什麼？你只看到阿肥回頭看我，看看同學也犯校規嗎？」

「你怎會這麼沒正義感？我們考試前辛辛苦苦溫習，夜裏兩三點才睡甚至捱通宵，他們作弊就取得和我們一樣甚至比我們高的分數，這公平嗎？」小珠義憤填膺。

我一時語塞，想不到話反駁她。

「就算告發她也沒意思，我相信她真的沒作弊，必須將全部作弊團夥抽出來才有意義！」我思量之後說。

「告發了阿肥，班主任何 Sir 自然會逼問她！」

「我相信阿肥一定不會說的！應該至少找出是誰將紙團傳給她，何 Sir 才會受理。」

「這也好！你跟我來。」

＊　＊　＊

小珠推門進入附近的課室，這時因為考試不用上課，課室裏都沒有人。

小珠拿起水筆，在白板上畫起來。

「阿肥坐在第三行第四個位，你看見她接紙團時是面向哪個方向的？」

「左前方！而且是從桌下拋過去的。」我肯定。

「那麼，」她拿起筆畫出幾行座位，又把一些座位圈起來，「能夠傳給她的，只有第四、五、六行的第一至第四個位。第六行離太遠了，拋過去要經過這麼多人，既困難又容易被人發現。所以只有第四、五行的第一至第四個位的人最有嫌疑。」

「那也有八個嫌疑人，怎查出來？」

我努力從回憶中尋出拋出紙團的方向，但也徒勞無功。

座位表

「坐第一個位的同學抛出去太顯眼了，坐在前面教師桌的老師很容易看到，也先排除掉，那就剩下六個，和她平排的同學根本不用抛，傳過去就是了，而且我們就坐在第四、五行的第五個位，哪有看不到之理？再排除掉兩個，就只剩下四個。而這其中，方利利是班長，沈慧琳是考全班第二的，也先排除她們，剩下的兩人，鄺美荷和林志君……林志君向來膽小怕事，量她不敢作弊……鄺美荷……一定是她，她成績差，之前已留班一年，再留班就會被趕出校，而且她是班中的壞分子……一定是她，她的嫌疑最大！對了，她也常和阿肥走在一起的，我見過幾次她們一起吃午飯！」

我驚訝地看着小珠，實在佩服她的觀察和分析能力，難怪數學科是全班最高分！

「我們這就去找何 Sir ！」

小珠扯着我就向教員室的方向跑，想不到她會突然有這樣的蠻力，我怎樣掙扎也甩不掉她。

*　*　*

何Sir這時正在教員室改卷，小珠向他重複剛才的一大番分析，沒想到何Sir還沒聽完就板起臉說：

「美荷和阿肥，還有其他六個同學共八個，也是留過一年班，再留班便會被趕出校的。校長之所以把這八個來自其他班成績最差的學生，安排到我這一班來，是希望我教好他們，讓他們能順利升上中五，好歹讀完中學。這些同學如果被趕出校，他們到外面容易找到學校升讀中五嗎？中學沒畢業的話，出來社會能找到工作嗎？你們為什麼不可以替他們想一想？學校不是只為了教品行好、成績好的學生而設立的，也是為了要教好品行差、成績差的學生而設立的！」

何Sir說得大義凜然，令小珠和我一時語塞，想不出話來反駁他。

我素來敬重何 Sir 處事大公無私，想不到他會說出這樣的話來。但我也有我的堅持。本來也想放阿肥她們一馬，只是被小珠硬扯來的，但聽了何 Sir 的一番話，他彷彿說成錯的是我們似的，這反而燃起了我的鬥志。

「這些取巧作弊的同學，就算將來中學畢業出來社會工作，也必定以狡獪奸詐行事，正如何 Sir 你教我們的小人行險求僥倖，一定會禍害社會！為什麼呢？因為在學校裏沒有教曉他們做事要公平公正，並沒有讓他們知道作弊是不對的！並沒有做到信賞必罰！沒有做到孔子的必也去食去兵，因為民無信不立！」

這些都是教中文科的何 Sir 教我的，相信他一定聽得明白。我說得理直氣壯，他一定感到理屈詞窮了！

「無論如何我也不能就你們的一面之詞，只聽信你們的推測就懲罰她們的，除非你們有更有力的證據！」何 Sir 仍是板着臉說。

「好的，我們一定會找到更有力的證據！」我說完，頭也不回地大步踏出教員室。

離開教員室後，小珠從後面追上來，繞到我前面，豎起大拇指說：「我開始佩服你了！」

「我雖然這樣說，但完全沒有把握能找到有力的證據。」我有點洩氣了。

「既然我們懷疑鄺美荷，待明天考完最後一科作文後，我們去問問她。」小珠說。

「她怎會肯認？如果說阿肥是小奸小壞，鄺美荷就是大奸大壞！同學們都不敢惹她，還傳說她的哥哥是黑社會分子。她怎肯接受我們查問？」我說。

「到時只好見機行事了！目前只有她這一個線索，不是要她認，是看看她的反應。」

小珠滿肚密圈似的。

*　*　*

翌日作文考試後，小珠和我站在課室門口等鄺美荷。看見她步出課室，小珠跟在後面說：「鄺美荷，我們有話要問你。」

鄺美荷回頭瞟我們一眼，沒停下腳步，只丟下一句：「我才沒時間可花在你們身上！」

小珠不知哪來的勇氣，竟衝到她面前，擋着她的去路，說：「我們知道你和阿肥在西史科考試作弊！」

鄺美荷先是一怔，然後露出不屑的表情說：「你有證據就向何 Sir 告發去，不要嚇唬我！你這是浪費我的時間！」

「你別得瑟！阿肥已經認了是你把紙團拋給她的！」小珠衝口而出。

我慌忙拉拉她的衣袖，不希望她把阿肥拖下水！

「阿肥？」鄺美荷冷冷一笑，「我不相信她敢告發我，她沒告訴你們她有多少痛腳在我手上嗎？她敢？你們太無聊的話就去看看愛情電影、小說，不要礙着我的時間！」她推開小珠，大步向前走。

看到她這麼粗暴地推開小珠，我也惱火了，大聲對她說：

「也許阿肥真的有痛腳在你手上，但阿肥最近已經改變了！她認為我對她有恩，我一定會讓她勇敢指證你的！」

「你？就憑你以為可以嚇唬我？我知道你就住在學校旁邊的公共屋邨，你的姐姐就在附近的便利店工作。你敢開罪我的話，我和我哥也不會放過你們的，你們出入可得小心點！」

鄺美荷說完，罵了一句髒話就走開了！

我整個人呆了！沒想到因為這事會連累了姐姐！

「她虛張聲勢而已，她的反應這麼大，正代表她真的有份參與！」小珠這樣說，算是安慰我。

「反正她一定不會認的，而且，你剛才為什麼把阿肥也拖下水？她根本沒招認過。」我惱羞成怒，怪罪小珠。

「這是從電視劇看到偵探的盤問技巧啊！剛才其實鄺美荷沒否認她有作弊，她只是知道我們還沒找到證據才這麼囂張，我們要更加努力找到證據才是！」小珠說。

我沒理會她，憂心忡忡地打了電話給姐姐，把事情始末和鄺美荷說的話告訴她。

姐姐在電話那頭笑着說：「我才不會害怕那些小毛孩！姐在便利店工作，什麼難纏的人沒見過？而且姐的男朋友是身形魁梧的消防員哩！倒是你不要被嚇倒了，姐一定支持你伸張正義的！」

聽到姐的話，我像被注射了強心針，鼓起勇氣，破釜沉舟地說：「我們一定要找到有力的證據！」

「有你這句話便行了！跟我來。」

小珠拉着我跑回課室，打開課室的門，直向垃圾箱奔去。

她竟然要……翻。垃。圾！

她把垃圾箱的廢物倒出來，在亂翻！

「和姐一定會罵你的！」我說。

小珠沒理會，仔細地翻，幸好今天垃圾箱裏垃圾不多，也沒有很髒的垃圾，多是同學扔掉作文的草稿紙。

我明白了！小珠是在找昨天阿肥手上那團紙！如果她們沒帶走那團紙，而是扔在班房的垃圾箱的話，我們便可以憑字迹找出第一個傳出作弊紙團的人。

「假設紙團上的字是手抄而不是打印的，我們就能憑字迹尋出第一個傳字條的人，英文老師區 Sir 說過英文字比中文字更易認，上次有同學找人代抄罰抄，區 Sir 一眼就看出是誰的字迹了。只要我們找到那張紙，就可以找他幫忙。」

沒想到小珠的心思如此縝密，我不由得更佩服她。

「可是，課室的垃圾每天校工也會清理的，昨天的垃圾今天不可能還在！」我說。

「你錯了！別的校工我不敢說，和姐嘛，她向來是最緊張準時下班的，許多時她會在下課前的小息就衝進來清理課室，以便可以在下課後準時下班。至於清理後再有人扔垃圾，她會等到第二天才清理！」

小珠分析得正確，我也幫忙尋找，但都是徒勞無功，垃圾箱中只有今天作文用的草稿紙。

「看來因為考試早下課，和姐沒有急着下班，所以昨天把垃圾全清理掉了！」小珠有點失望。

「有辦法了！我們找和姐問去！昨天的垃圾也許還未送到垃圾站！」

吓！那可是全校的垃圾啊！怎麼找？

我追着小珠跑出去，找着了和姐，幸而和姐說昨天的垃圾已運到垃圾站了！小珠為之扼腕，我卻大大地舒了口氣。

「唉，一切又回到原點了！」小珠歎口氣，似乎一籌莫展了。

「本來找不到證人，從作弊的源頭方向找到證物是好方法來的，可惜找不到。」我說。

「慢着……從源頭開始？一言驚醒夢中人，隨我來！」

我們又回到班房，小珠拿起教師桌上同學的座位表來看，又取出了幾張同學的相片，用磁鐵貼在白板上。她真的看得偵探劇太多了！

她根據昨天考試第四、五行座位上同學的位置，將她們的照片用磁鐵固定在白板上，又用紅筆模擬拋紙團的方向將照片連接起來。

「如果從作弊的源頭開始分析的話，可以提供作弊的答案，其一是成績很好的同學，她知道正確答案，且作答得很快，且有時間在自己作答完之後，還有時間把答案抄下來傳出去。其二是有人貼中了考試題目，預先準備了答案。可是今次西史的考試範圍這麼大，白 Sir 出題又是以變幻莫測聞名的，要貼中題目預先準備答案並不容易，而且既已預先知道答案，就抄下來、打印出來偷偷帶進試場便行，也用不着傳來傳去了！所以歸納下來，還是西史成績好的同學把自己的答案抄下來傳出去的可能性最大。」

小珠再看看白板上的相片，驀地大力拍了一下教師桌說：

「之前，我們循傳給阿肥的動線分析，把西史成績全班最好的沈慧琳排除在外，可是，如今從作弊的源頭來說，她的嫌疑卻最大！」

「慢着！我發現我們之前的推論是有漏洞的。首先，第一行的同學雖然正正對着教師桌，但監考的白 Sir 九成時間也在書桌間來去行走巡視，只要他一從教師桌跑開，第一排的同學就可以趁機把紙團拋出去。其次，之前我們只是追尋拋紙團給阿肥的人，才懷疑坐在她左前方的人，然而，就源頭來說，紙團傳出的動線可以是先從後面傳上來的，所以我們只懷疑坐前面的人，也是不妥當……」我抽絲剝繭地分析。

「好了好了，反正沈慧琳也有嫌疑，就算源頭不是她，她坐在那位置上，也許會看到有人拋紙團也說不定，而且我跟她是中二至中四的同班同學，和她有點交情，我們就先問問她吧！」小珠振振有詞。

「那好吧！」我只好說。

* * *

作文是最後一科考試，翌日，即西史考試的後兩天，因為只是一些試後活動時間，我們有許多空閒時間去繼續偵查。小珠下課後第一時間找沈慧琳。

「不是我啊！我怎會作弊！作弊對我有什麼好處？小珠你認識我這麼多年了，該知道我是怎樣的人，該會相信我吧？」沈慧琳一臉認真的説。

「那麼，你看見拋紙團的人嗎？」小珠似乎對她的話深信不疑。

「沒有。這次西史考試的題目這麼難，我只顧埋首作答，哪有時間和工夫打野眼？」

小珠覺得今次是無功而還了，她站起身，想離開。

「慢着，你剛才説作弊對你有什麼好處，當然是有的。請恕我冒犯，聽同學説你家境不好，不單平時沒零用錢，連買參考書的錢也沒有，協助作弊的話，也許能賺到點零用錢、買參考書的錢呢？」我對沈慧琳說。

「我現在已有零用錢、有錢買參考書啊！實不相瞞，我最近有替鄺美荷補習西史和英文科，她也把零用錢分了一半給我。她的家境不錯，零用錢可多哩！從前我一直和班上感情跟我最要好的林志君一起溫習，自從要給鄺美荷補習之後，就沒跟她一起了，她還因此惱了我哩！」沈慧琳說。

「林志君惱了你？她是嫉妒鄺美荷吧？」小珠問。

「她真傻氣，因為我沒告訴她為鄺美荷補習，她以為我跟鄺美荷一起就不跟她玩了！看到鄺美荷常和我一起之後西史的成績有了進步，還賭氣地說一定要在西史的成績上超越鄺美荷哩！」沈慧琳說。

「這樣的話，林志君也有嫌疑啊！」小珠說。

「不會吧？她常常去請教西史科的白 Sir，一有時間就往白 Sir 的教員室鑽，她該是藉着多請教白 Sir 來提升西史成績的。」沈慧琳說。

白 Sir？教員室？我和小珠聽了面面相覷，腦海中想着的是同樣的事。

＊　＊　＊

我和小珠腦中想的是同一件事。

「假如這件事真是林志君做的，又假如她從白 Sir 那裏不知怎樣得到了考試題目，她只要預先準備好答案，就能取得高分數，輕易贏了鄺美荷，她為什麼要把答案的紙團傳出去呢？她跟阿肥她們不熟，不是她們一夥的，她家境不錯，也不缺零用錢……」

我仔細分析。

「我不是這樣想，我們不妨反向思考。」小珠說。

「反向思考？」我問。

「我們再找阿肥談談……」

「之前不是問過了嗎？再問有什麼意義？」

「不要說了，總之跟我來就是！」

她又拉着我走。

＊　＊　＊

「我都說過我什麼都不會說……」阿肥說。

「這次我們不是要你出賣同伴，反而是要幫她們平反。我們已很確定鄺美荷沒有作弊，反而是找出她被人陷害的真相！」小珠說。

「她被人陷害？」我和阿肥同時嚷。

聽了我和小珠的詳細分析，阿肥終於肯道出真相。

「西史就是我的最弱項，根本完全想不出答案，所以又在擔天望地啦！忽然瞥見鄺美荷那邊拋來一團紙，本來我沒想要接的，但白 Sir 剛好轉身朝這邊走來，我就馬上拾起了那團紙……我雖然對美荷說過不會再作弊，以後都不要預我那一份了，但是紙團還是拋過來，我也沒辦法。」阿肥攤攤手。

「之後你怎樣處置那團紙？」我問。

「我看也沒看，考完試就丟到課室的垃圾箱了！」阿肥說。

「你能準確記得那團紙是拋到什麼地方的嗎？」

「紙團其實就拋在我和美荷的座位中間，她就坐在我的斜前面，不知道這次為什麼丟得這麼差！」阿肥說。

「我說過了，鄺美荷沒有作弊，那團紙也不是她拋過來的。」小珠說得肯定。

「這話怎說？」我和阿肥又同時嚷。

* * *

「雖然知道多半徒勞無功，但也要走一趟……」

大偵探小珠又拉着我走，這次要偵訊的對象是教西史科的白Sir。

「白Sir，西史科的試題有遺失過嗎？我是指在出完試卷之後、考試之前……」小珠單刀直入。

「別傻了！怎會遺失！教員室的桌子抽屜都是可以上鎖的，試卷當然鎖在裏面。」

白Sir說時，故意大力拉一拉抽屜給我們看，抽屜的鎖差點鬆脱掉下來……

「唷！鎖壞了，太忙，忘了修理！」白Sir搔搔後腦勺說，「不怕啦！我看得很緊，誰敢來偷？」

這時，遠處傳來聲音：「白 Sir，你的電話！」

白 Sir 馬上跑去聽電話，我看到他抽屜內的，正正就是我們班的西史試卷！

「身為老師當然就算遺失過試題也不會在學生面前承認。其實試題被偷了還好，老師發現後頂多另出一份，但如果只是被偷看過的話，就神不知、鬼不覺了！你看，如果現在抽屜裏的就是試題的話，我們要偷看又放回去多容易，只要看到幾條長題目的試題就足夠拿高分數了！」小珠說。

一會兒，白 Sir 講完電話回來了。

「我還想請問，我們班的試卷已改好了嗎？」小珠問。

「當然還未，前天才考試！但我是著名的『快改手』，昨晚開始改，到今天已改了一半！」白Sir說。

「那麼，請問林志君的分數是多少？」小珠再問。

「她的試卷改是改了，但我怎能把她的分數告訴你？那是她的私隱啊！話又說回來，西史科成績向來低分的林志君這陣子發奮圖強，考試前幾天每天來向我請教，我說啊，她這次的西史成績肯定令你們嚇一大跳，全班會對她刮目相看！對了，你不問自己的分數，倒問她的幹嘛？難道是她自己太忐忑不敢來，要你代勞？這傻孩子，等過幾天派試卷時不就知道了嗎？我一定要好好獎勵她的，我這番話你們先不要對她說！」白Sir大半時間在自說自話。

從教員室出來後，我對小珠說：

「你都知道是徒勞無功，不會從白Sir口中問到什麼的了。」

「沒有問到什麼，但觀察到很多。有時偵查並不是只在於訊問，還要細心觀察。」小珠說。

「那你觀察到什麼？由剛才到現在，我實在不知道你葫蘆裏賣什麼藥。」我說。

「我……」

小珠剛想說話，卻看到教美術科的 Miss Poon 推門從教員室出來，走向我們。

「你們剛才跟白 Sir 說的話奇奇怪怪的，到底發生了什麼事？我可以幫忙或提供意見嗎？」Miss Poon 說。

原來坐在白 Sir 旁邊的 Miss Poon 聽到了我們剛才的對話。

「沒有，沒什麼，其實沒事發生……」小珠未說完就拉着我跑。善解人意的 Miss Poon 向來和我很談得來，但被小珠拉扯着的我只好帶歉意地朝 Miss Poon 點頭，感謝她的關心。

小珠把我拉回課室，這時同學全部離開了，課室沒人。小珠又在白板上亂畫，又把座位表中同學的相片貼了上去。

「你看，林志君、鄺美荷和阿肥的座位，就在一條斜線上。」她指着白板說。

「對啊！」我說。

「我有理由相信，紙團是由林志君拋出去的，但她不是拋給阿肥，是拋給鄺美荷的！只是力度掌握不好，把紙團拋到了鄺美荷和阿肥的座位之間，意外地被阿肥拾了去。」

「她和鄺美荷的感情這麼差，而且還挑戰鄺美荷比較誰的分數高，她怎會把寫了答案的紙條拋給鄺美荷？」我反駁。

「這就是她的聰明之處！是一石二鳥哩！你沒留意到紙團是從座位下拋過去的嗎？就算鄺美荷沒發現那紙團，或不想再作弊，沒有拾起那團紙來看，那紙團也有機會被路過的白 Sir 發現，那麼，有作弊前科的鄺美荷就百詞莫辯了，只有出校的下場！」

「可是，如果鄺美荷選擇作弊，拾起了那紙團，那豈不是幫了她？班中的作弊行為這樣猖獗，鄺美荷可能就算不知道紙團的來源也照抄答案啊！」我說。

「如果不出我所料，紙團上的答案應該是錯的，就算抄了也只會得零分！」小珠胸有成竹的。

「所以你說那是一石二鳥！」

「對啊！只是沒想到林志君平時表現怕事，骨子裏卻是這麼工於心計，連我也看走了眼！」

「可是一切只是你的臆測，我們壓根兒沒有證據。」

「就是啊！」小珠為之扼腕。

正在沉思的我們，聽到課室的門戛一聲響，開門進來的是Miss Poon。

「我什麼都聽到了，還說沒事，快把事情的來龍去脈告訴我！」

我們只好把整件事向Miss Poon和盤托出。

「原來是這樣……你們明天這時間再來這裏吧！」Miss Poon說。

「再來幹什麼？」小珠問。

「明天來不就知道了！」Miss Poon 也故弄玄虛。

＊　＊　＊

第二天好不容易等到下課，我和小珠在課室中等 Miss Poon。

只見 Miss Poon 抱着幾幅學生的畫作進來。

拿學生的畫作來給我們看做什麼？我感到納悶。

Miss Poon 將幾張畫作排在教師桌上，我和小珠走近一看，都是些撕紙畫。

「這……難道……」小珠看着畫，眼睛瞪得老大。

「是這樣的，考試後就是美術學會學員的作品展示，原本考試前兩星期已要交妥作品，可是有幾個低年級同學遲遲未交，被我逼得緊了，其中一個就說考完西史那天可以做，反正翌日只考作文。由於美術室被黃 Sir 借用了，我就借用了這個課室。早幾天已叮囑他們要帶些舊雜誌、舊報紙回來，誰知那些中一的小鬼們把我的話當作耳邊風，兩手空空的來到。一知道沒有帶要用的紙張，就滿課室的找，其中一個，還去翻垃圾箱中的廢紙……他們把紙張撕開、弄皺再貼到畫紙上時，我留意到其中一些紙上面寫的，好像是西史科試題的答案……」

「是哪一幅畫？」小珠急問。

「就是這一幅，他們拿了回家完成最後步驟，今天才交的。」

「就是這一張！對了，Miss Poon，我們可不可以……」

「可以，這幅畫做得這麼馬虎，根本就是濫竽充數，才沒資格拿去展示哩！你是想把紙條黏合還原吧？」Miss Poon 真是冰雪聰明！

我們合三人之力，花了大半小時，才總算把試題答案紙勉強還原。

小珠長長舒一口氣說：「之前我還擔心林志君為免紙團上的字迹被人認出，會用打印機打出來，誰知她百密一疏，真的是天網恢恢，疏而不漏啊！現在剩下的，就是拿去給區Sir 鑑證，我們明天要設法取得林志君的筆迹。」

* * *

一天後，區 Sir 的鑑證報告出來了，結果完完全全出於我和小珠的意料，紙團上的筆迹，竟不是林志君的！

「那會是誰的？總不成把全班同學的筆迹都拿來比對吧！」

為此事辛苦奔走了多天，此刻，小珠有如鬥敗了的公雞，我們都感到絕望了。

＊　＊　＊

白 Sir 派西史試卷那天，小珠的分數是八十分，我的分數仍是不及格。

至於林志君呢？她拿了僅僅及格的五十分，白 Sir 誇讚她從前一次測驗只有二十多分，到考試能夠及格，已是很大的進步！

卻是鄺美荷竟得到六十二分，而阿肥也有近及格的四十八分，白 Sir 加了兩分「同情分」給她，讓她可以及格。

取得全班最高分的，當然仍是沈慧琳，白 Sir 照往常的做法，把她的試卷貼到壁報板給同學參考。

下課後，幾個同學圍着壁報板看，我和小珠都擠上去。看到沈慧琳的試卷，我和小珠都目瞪口呆，震驚得說不出話來。

良久，我回過頭望向阿肥的方向，目光相接，她慚愧得低下頭來。

而沈慧琳和鄺美荷，卻在課室門外談得投契哩！

* * *

得到小珠的啟發，我學會了「聽其言，觀其行」，除了愛觀察，也愛上了人物訪問，用存疑的態度聽別人說故事。

小珠呢？港大法律系畢業之後，她成了律師，又幾經辛苦成了檢控官，她的口頭禪是：「人心難測啊！就算執法人員的話也不能盡信哩！」